Retratos imorais

Ronaldo Correia de Brito

Retratos imorais

ALFAGUARA

© 2010 by Ronaldo Correia de Brito
Todos os direitos desta edição reservados à
Editora Objetiva Ltda.
Rua Cosme Velho, 103
Rio de Janeiro — RJ — Cep: 22241-090
Tel.: (21) 2199-7824 — Fax: (21) 2199-7825
www.objetiva.com.br

Capa
Rodrigo Rodrigues

Imagem de capa
Stephen H. Sheffield/Getty Images

Revisão
Ana Kronemberger
Ana Julia Cury
Lilia Zanetti

Editoração eletrônica
Abreu's System Ltda.

CIP-BRASIL. CATALOGAÇÃO-NA-FONTE
SINDICATO NACIONAL DOS EDITORES DE LIVROS, RJ
B875r
    Brito, Ronaldo Correia de
        Retratos imorais / Ronaldo Correia de Brito. - Rio de Janeiro : Objetiva, 2010.
        182p.   ISBN 978-85-7962-022-5

        1. Ficção brasileira. I. Título.

10-2734   CDD: 869.93
                                            CDU: 821.134.3(81)-3

Sumário

RETRATOS DISPERSOS

Duas mulheres em preto e branco	9
Romeiros com sacos plásticos	29
Pai abençoa filho	39
Rainha sem coroa	49
Urubus no viaduto	55
Catana	59
Toyotas vermelhas e azuis	73

RETRATOS DE MÃES

Mãe numa ilha deserta	87
Mãe em fuligem de candeeiro	93

RETRATOS DE HOMENS

Homem atravessando pontes	105
Homem de unhas pintadas com base de esmalte	113
Homem em Berkeley	115
Menino sonhando o mundo	121
Homem folheia álbum de retratos imorais	125
Homem contempla barcos encalhados	137
Homem com gastrite erosiva moderadamente leve	141
Homem borgiano espreitando o lobo	147
Garoto conta anedota de final previsível	151
Homem buscando a cura	159

Homem perde cabelos no mês de setembro	165
Homem-sapo	169
Homem sentado no meio-fio	175
Retrato do autor num posfácio	181

Retratos dispersos

Duas mulheres em preto e branco

— Jure que vocês nunca deitaram nessa cama.

— Não juro o santo nome de Deus em vão — recitou meio grogue a lição de catecismo decorada na infância, apenas para dizer alguma coisa, deixando um vácuo após cada palavra, como se quisesse dilatar o tempo. Ninguém da velha turma de esquerda perdoaria o catolicismo reprimido botando as unhas de fora, tal qual o apelo ao sagrado num filme de Pasolini.

Para que precisava de tempo? Quem possuía a chave do jogo e da porta do quarto era Letícia e mesmo ela não passava de uma suplicante, alguém conduzindo um barco à deriva. Sandra pensou nessa imagem gasta, já não alcançava um raciocínio simples, a álgebra de dois mais dois. Perdera a noção das horas, ouvindo o toque de relógios. Os ponteiros não paravam um segundo na casa; nem lá fora, onde o sol se pôs e as buzinas dos carros diminuíram com a noite alta. Em vez de responder à pergunta de Letícia, Sandra queria saber desde quando Miguel colecionava carrilhões.

— Os relógios...
— O que têm os relógios?
— Há quantas horas estamos trancadas nesse quarto? — disfarçou a pergunta.

Se ganhasse a rua como os loucos fogem dos manicômios — a baba escorrendo pelos cantos da boca e a marcha em bloco de quem toma neurolépticos —, se ganhasse a rua poderia esconder-se de Letícia no hospital psiquiátrico da esquina, em meio aos drogados que, nas sessões de terapia ocupacional, pintam luas cor-de-rosa em azulejos brancos. Sentia-se a ponto de jogar pedras na lua.

— Não sei aonde vou, nem para onde me levam — repetia, em meio ao delírio, a fala de uma paciente esquizofrênica.

— Para onde você está me conduzindo, Letícia? — ensaiou a pergunta, porém não se atreveu a fazê-la, com medo de novos pontapés no rosto, nas costas, na barriga... E se vomitasse sangue? Talvez se vomitasse sangue... Odiava reticências. Três pontinhos eram recursos de escritor medíocre. Cansou de reticências nos romances de José de Alencar e da palavra cousa em Machado de Assis. Felizmente já não a obrigavam mais a ler os dois senhores, desde o tempo de escola. Mesmo assim não se sentia livre da reticência do presente, da cousa em que se metera.

— Preciso de uma tesoura, Letícia. Arranje-me uma tesoura, por favor. Juro que não vou perfurar sua traqueia.

Lygia Clark punha uma tesoura na mão de cada paciente e deixava que cortasse um cilindro de pano por onde caminhava como se estivesse dentro de um útero claustrofóbico. Os bebês se deslocam no útero materno ou ficam eternamente abraçados aos joelhos, em posição fetal? Nos sonhos opressivos, Sandra movia um braço ou uma perna, na tentativa de libertar-se do terror. Mas ali não havia saída, para onde se virasse encontraria paredes e a mesma Letícia implacável. Uma cerca de ódio, pensou. Outro lugar-comum. Arame, fios elétricos, cães farejadores, muro de Berlim, campos minados. Odiava metáforas e lugares-comuns, mas não lhe ocorria nada grandioso que definisse sua prisão.

— Quando surgiram os primeiros sinais? — perguntou Letícia, como se conduzisse um interrogatório sintomatológico, no consultório. A pergunta também poderia ser:

— Quando surgiram os primeiros sintomas?

— Febre, cefaleia, tosse, cansaço, garganta vermelha, lacrimejamento, taquicardia, palpitações, prurido na vagina? Não lembro.

Sandra já ouvira cem vezes a pergunta e respondera sempre a mesma coisa. Porém lembrava, sim. Impossível esquecer.

— Posso deitar novamente no chão?

— Deite. Assim fica mais fácil pisá-la.

Sandra acomodou a cabeça sobre o braço direito e com a mão esquerda palpou o rosto. Os hematomas haviam crescido bastante. Precisava de gelo com urgência. Não tinha geladeira no quarto e não se atrevia a pedir para buscar na cozinha. Letícia jurou que não abriria a porta enquanto a ex-amiga não revelasse tudo. No começo, quando Letícia ameaçou matá-la com o revólver de Miguel, ela correra desesperada, de uma parede para outra. Tentou o banheiro, mas também fora trancado. Quis jogar-se pela janela do primeiro andar, porém não sentiu coragem. E se a arma fosse mentira? Falavam que Miguel escondia em casa um revólver carregado de balas, para a eventualidade de um ladrão. Amaldiçoou a ideia de sempre morarem juntos, desde que casaram. Os amigos inseparáveis. No andar térreo, Sandrinha e Paulo; no de cima, Letícia e Miguel. Agarrados desde os tempos de faculdade. Irmãos siameses de quatro, uma patologia digna de circo americano, o maior espetáculo da terra correndo de cidade em cidade.

— Sandra, eu achava normal você carregar na bolsa um retrato de Miguel, mesmo sendo a foto de meu marido. Botei na parede de casa uma reprodução do *Davi* de Michelangelo. A semelhança com Paulo me inquietava. O mesmo porte, o eterno jeito de adolescente. Mas era apenas a foto de uma escultura perfeita; só isso. Você pôs um retrato de Miguel na carteira e o resto do mundo que se lixasse. Quando estava comigo, o que era quase sempre, e precisava sacar dinheiro ou o talão de cheques, eu via o retrato sorrindo pra você. Por que o retrato de Miguel e não o de Paulo?

Letícia chuta várias vezes a mulher estirada no chão e cai no pranto. Sandra encolhe-se. Poderia agarrar Letícia pelos pés e derrubá-la. É forte, trabalha a musculatura em três aulas semanais de pilates e, apesar de terem a mesma idade, Sandra sempre foi mais ágil e esperta. A ameaça de um revólver, que até poucas horas atrás a amedrontava ao ponto de fazê-la suportar as porradas sem qualquer defesa, já não alcança efeito. Sandra tem certeza de que a arma é invenção de Letícia ou que ela ignora onde o marido a escondeu. Mesmo assim continua inerte, paralisada pela consciência da traição. Ou tudo foi inconsciente? Vinte anos de sonambulismo, ela e Miguel perambulando por hoteizinhos baratos, onde corriam menos risco de serem reconhecidos por alguém. Espeluncas de toalhas velhas com cheiro de água sanitária, o mesmo odor de esperma em que se lambuzavam depois de orgasmos e estertores.

Nunca experimentara nenhum remorso, a mais leve insônia ou calafrio até escutar Letícia proclamando o que ela fizera. Não ousara justificar-se com os versos da tragédia *Hipólito*, ouvidos numa montagem vagabunda da escola de medicina em que as duas amigas estudavam. Pobre Ésquilo. Fedra-Sandra implorava: Que deus poderá vir em meu socorro, que mortal poderá defender-me, para serem cúmplices de meus crimes? A fala de Sandra soaria nasalada por detrás da máscara, pois além de septo nasal com desvio tinha hipertrofia dos cornetos, que nunca se dispusera a operar. Fedra-Sandra era uma comediante vulgar, buscando elevar-se nos coturnos de um corifeu. Possuía voz falsa como os cucos dos relógios, que imitam, no canto estridente e mecânico, o número das horas.

O quarto revirado lembra a passagem do tsunami ou do furacão Katrina, um aposento de New Orleans fotografado por Robert Polidori, o caçador de desastres. Abajures arrancados das tomadas, gavetas de armários e cômodas abertas, poltrona de pernas para cima; a cama sem lençol, cortinas fora dos trilhos, meias, sapatos, vestidos, camisas e gravatas arremessados na raiva. Falta apenas lama recobrindo o cenário. Na zona onde a placa tectônica da Índia mergulha por baixo da placa de Burma, uma ruptura liberou a energia que fez surgir ondas gigantescas no oceano Pacífico. Uma carta anônima desencadeou o tsunami de Letícia. Os ventos varreram a confiança no marido e na amiga. Num relance de espelho, Letícia sentiu-se a Louisiana abandonada.

— Traidora!

Foi até a janela. Continuava chorando. Avistou os pivetes no sinal, mesmo após as nove horas. Quando se mudaram para as casas conjugadas, primeiro e segundo andar, a avenida não passava ao lado. Fazia vinte anos? Mais? Que diferença faria se fossem vinte ou cinquenta anos? A traição era a mesma. Apenas não existiria a avenida, os carros barulhentos, meninos assaltando as pessoas com revólveres. Os trombadinhas respeitavam as famílias da vizinhança: os dois engenheiros, as duas médicas, os dois casais de filhos. Sempre aos pares, tudo repetido e igual, pensou Letícia. Se estivesse na cozinha jogaria as panelas para cima, os pratos, os talheres. Um som diferente do que produziam os carrilhões de Miguel. Assim que ganhasse a casa, arrancaria os ponteiros dos relógios. Nunca mais ouviria engrenagens marcando os segundos, tornando opressiva a passagem do tempo. Viu-se desamparada e sozinha. A casa entulhada de relógios, retratos sobre os móveis e espelhos reproduzindo imagens e gestos. Gritou, deu voltas pelo quarto. Numa delas, machucou a perna na cama e para vingar-se chutou novamente a inimiga.

— Cachorra!

Sandra negava-se a falar e não chorou quando Letícia tentou enforcá-la. Teve novos momentos de pânico à menção do revólver. Quando era menina a mãe trancou-se no quarto com o revólver do pai. Ameaçava se matar porque descobrira que o marido possuía uma amante. Ouviu estampidos. Bateu na porta do quarto fechado, suplicou que a mãe abrisse. Os vizinhos correram, arrombaram a porta e encontraram a mãe es-

14

tirada na cama, os olhos fechados, as pálpebras batendo numa crise de histeria. O pai nunca largou a amante. Inventara um nome falso só para ela. Um nome horrível.

— Numa vez em que fui sozinha à reunião da Sociedade de Medicina, assinei na folha de frequência: Letícia. Mais tarde, um gaiato acrescentou ao lado: e Sandra. A piada não me ofendeu. Era um sintoma de nossa doença, do costume de vivermos agarradas uma na outra. Todos enxergavam o óbvio e apenas eu me recusava a ver. Vinte anos de cegueira. Você esperou apenas que seus dois filhos nascessem para abrir as pernas a Miguel. Ou eles também são filhos dele? Confessa, puta!

Sandra fecha os olhos e espera ser morta dessa vez. Porém Letícia corre à janela. Três carros de bombeiros cruzam a avenida em alta velocidade, a sirene e os sinais de alerta ligados. Letícia contempla o corpo da inimiga na luz projetada através dos vidros, a saia levantada nas coxas. Recorda uma fantasia que usaram no carnaval. Saias curtíssimas, mostrando lances das calcinhas vermelhas. Duas mulheres desfrutáveis, sozinhas entre pierrôs e arlequins. Paulo e Miguel odiavam carnaval e deixavam as mulheres juntas, desfilando em Olinda e no Recife Antigo, embriagando-se no mesmo copo. Letícia não mediu esforços para distrair a amiga, depois que Paulo saiu de casa e nunca mais voltou. Trocara Sandra por outra mais jovem. Ou ficara sabendo o que a esposa e Miguel aprontavam com ele e decidiu largar o quarteto? O abandono serviu de pretexto às duas amigas: desfilaram em trajes sumários, no bloco Inocentes do Rosarinho. Ninguém melhor do que Momo para as feridas de amor. Letícia apenas estranhava o desinteresse de Sandra em arranjar namorado. Era tão bonita e antes de se amarrar em Paulo vivia cercada de homens.

Escolheram fantasias iguais, variando em pequenos detalhes. Par de jarros, azul e vermelho, mestra e contramestra. Sandroca e Lete, os apelidos carinhosos. Lete, mal sabiam as duas, era um rio que conduzia ao inferno. Ao atravessá-lo, as almas dos mortos esqueciam o passado.

— Não vou esquecer nunca o que você me fez, nem vou perdoá-la.

Caiu uma chuva repentina, pingos grossos de nuvens altas. Aguaceiro tropical, seguido de mormaço e vapores quentes no asfalto. Os pivetes abrigaram-se numa marquise de loja e logo voltaram a assediar os carros. Alguns brincavam de chapinhar na água correndo ao lado das calçadas. Tornavam-se crianças como as outras, meninas e meninos que os avós chamam de meus anjinhos. Se a chuva caísse a noite inteira alagaria a cidade e não aplacaria as mágoas de Letícia.

— Choveu assim na formatura de Paulo. Você cismou de dar uma festa em nosso apartamento e eu resisti o quanto pude à ideia. Fazia algum tempo que morávamos juntas, desde o quinto ano de medicina. No mês de setembro nos mudamos para a Boa Vista. Nossos pais se opuseram, porém decidimos sair de casa. É verdade que eles continuavam pagando nossas contas. Nessa mudança você se apaixonou por Paulo e já nem olhava para mim. Eu não passava de mais uma paulete no séquito de mulheres voejando em torno de seu namorado. Miguel ainda não havia aparecido na história. Você cismou de dar a festa e encheu o apartamento com aquela gente do diretório acadêmico, uns pirados que só falavam de política, enchiam a cara e não levantavam a tampa do sanitário quando faziam xixi. Nós ouvíamos a conversa sobre partidos, união popular, comunidades de base, igreja progressista, fingindo estar por dentro. Sinto ânsia de vômitos quando lembro as mentiras desse tempo. Nosso interesse era outro. Não passávamos de duas esquerdas festivas de costas largas. Quando o pau quebrava, você tinha o papai reitor e o quarto exército em sua defesa. E eu pegava carona.

Letícia olha para fora e vê que a chuva passou completamente. Nas luzes dos postes, mariposas se entregam ao suicídio ritual. Fazer o quê? Elas sempre quiseram assim, as mariposas. Letícia sente desejo de tomar uma bebida forte, mesmo não tendo hábito. O marido costuma guardar uísque no quarto. Abre uma porta do guarda-roupa e acerta de primeira. Põe doses generosas em dois copos e antes de oferecer à inimiga, arruma a poltrona de pernas viradas para cima. Estende a mão, num gesto de ajuda:

— Não quer sentar?

Sandra aceita. Quando senta na poltrona, escuta a música nervosa dos carrilhões e percebe que deixou de ouvi-la por um largo tempo. Cada máquina emite sons diferentes para minutos e horas: agudos, graves, delicados, estridentes. O toque de um deles lembra os címbalos de uma orquestra. Gostava de fechar os olhos e ansiosamente esperar o instante fugaz em que, no meio da massa sonora de uma sinfonia, os humildes címbalos se faziam ouvir. Sempre achou que apenas ela prestava atenção no instrumento percussivo tentando sobressair entre cordas, madeiras e metais poderosos.

— Seu rosto ficou muito estragado. Não imagine que sinto pena.

Sandra ri com a ideia de que não lhe sobram quinze minutos até escutar novamente os címbalos disfarçados nas engrenagens dos relógios. Diminuíram os acessos de pavor, como se a morte já não a assustasse mais. Letícia apanha os dois copos de bebida, entrega um deles a Sandra e volta à janela, de onde avista as mesmas imagens de antes: os carros, os meninos, cinco deles cheirando cola e esfregando os corpos na calçada, a céu aberto.

— Habitamos o país da indiferença — diz em voz alta sem convicção. Nunca se ligou em política, nem quando se impunha uma rotina de congressos estudantis e reuniões de partido. Desejava apenas ficar ao lado da amiga e, consequentemente, de Paulo, que entrou na sua vida com o figurino de Che Guevara.

Quis fustigar Sandra revelando detalhes da nova companheira de Paulo, uma arquiteta famosa por decorar apartamentos de ricaços pernambucanos. As cartilhas e os discursos comunistas do Che foram arquivados para sempre, numa lixeira de memória deletada. O filho e a filha que tivera com Sandra viajavam em intercâmbio nos Estados Unidos, um lugar inominável no passado recente, quando era condenável até mesmo beber uma Coca-Cola. Certamente o rapaz e a moça casariam na igreja da Madre de Deus, com festa para seiscentos convidados em algum bufê de luxo, sem patrulhamento ideológico. E o pai bancaria as despesas.

Na faculdade, Sandra e Letícia vestiam-se como hippies, não raspavam as axilas nem os pelos que proliferam na raiz das coxas e teimam em aparecer se as mulheres usam biquínis cavados. Sandroca oxigenava os dela. Paulo não se ligava em nada disso e carregava à tiracolo as amigas da namorada, numa democracia amorosa típica da contracultura.

Surgiu Miguel, disputando uma vaga entre o mulherio de Paulo. Um milagre de beleza agreste: alpargatas de rabicho, bolsa de couro com bordados de sela de vaqueiro, masculinidade sacramentada de homem nordestino. Dançava forró bem agarrado, coxa com coxa. Letícia não acreditou na chance de ser escolhida; era a menos graciosa. Mas foi. O essencial é invisível aos olhos, dizia Antoine de Saint-Exupéry por esse tempo, num livro proibido pela esquerda patrulhadora. Quem lesse *O pequeno príncipe* seria banido das células trotskistas. Miguel lembrava um príncipe árabe quando ainda não existia fundamentalismo islâmico. Assumidamente macho, mas sem o machismo falso liberal de Paulo, nunca exigiu que Letícia usasse burca. Seis meses após Sandra e Paulo casarem, ele e Letícia decidiram morar juntos.

— Não fantasie que o seu amante irá arrombar a porta desse quarto e salvá-la. Não, querida, isso só acontece nas fitas de faroeste.

As duas amigas frequentavam o Coliseu, a arena recifense dos filmes de arte, no bairro de Casa Amarela, que não escapou ao destino de transformar-se em supermercado, como quase todos os cinemas.

— Nós víamos o que a censura deixava passar. Você não lembra porque tem memória fraca. Na hora de levar meu marido pra cama e abrir as pernas, também esqueceu nossos laços. Estou mentindo, vaca?

Letícia cai no choro. Sandra baixa a cabeça e busca o consolo de ouvir em meio à parafernália sonora dos carrilhões as notas leves dos címbalos. Passaram-se mais quinze minutos. O som desperta nela uma alegria terna, que dura bem pouco, pois Letícia a sustém pelos cabelos, erguendo-a do sofá.

— Vou destruir sua beleza. Seis balas causam estrago num rosto. Se eu deixar você viver, dentro de cinco anos será uma sexagenária.

Corre até a janela com ânsia de vômito. Os pivetes continuam abordando os carros no sinal. O bairro tornou-se perigoso. Cogitaram mudar-se quando Paulo largou Sandra. Porém não é fácil achar dois apartamentos juntos e as amigas não abriam mão de continuarem vizinhas. Dava alegria ver os laços mantidos.

Os laços.

Melhor seria pendurar uma corda e enforcar Sandra.

Letícia não acha o revólver, por mais que revire o quarto. Com certeza Miguel o escondeu, temendo que a mulher se matasse quando descobrisse a comédia sórdida. Ele não negou uma única revelação da carta anônima. Transava com Sandra desde que ela fora abandonada por Paulo.

Um pouco antes. Bem antes. Muito antes.

Letícia entregara-se de corpo e alma à causa da amiga, tentando amenizar os estragos da separação. Miguel agiu com mais eficácia. A carta fora explícita nos detalhes imorais. Miguel confessou amar Sandra. Não conseguia viver sem ela. Se a mulher o quisesse, teria de aplicar a justiça salomônica e dividi-lo ao meio.

Horror de confissão.

Letícia gemeu feito Medeia e Miguel exultou como se fosse o Jasão de uma outra montagem canastrona na faculdade de medicina:

— É natural para o sexo feminino se irritar contra um marido, quando ele contrai novos laços, secretamente — citou Eurípides à esposa atônita.

Como num set de filmagem em que se repetem as tomadas, Letícia apanha os dois copos, despeja uísque neles e oferece a Sandra.

— Beba mais, vai lhe fazer bem. Só não peça gelo.

Sandra recebe o copo de volta, bebe com avidez e escuta Letícia falar sem prestar atenção nela, os pensamentos flutuantes como os de um psicanalista. Anseia pelo novo toque dos relógios, a passagem de mais quinze minutos. Que importância possui o tempo para ela? Nenhuma, talvez; mesmo assim deseja ouvir a música minimalista do sininho, a nota de harmonia em meio ao caos do quarto.

— Miguel só compra uísque do bom. Desculpe, você sabe tudo o que Miguel gosta, talvez mais do que eu. As amantes sempre conhecem os homens melhor que as esposas.

Volta a revirar gavetas, enfurecida. Encontra um retrato em que as duas posam abraçadas.

— Vou te matar, Sandra! Lembrei onde Miguel esconde o revólver.

Sente-se exausta, sem nenhuma convicção no que fala. Caminha até a janela, esperando a reprise do filme desolador de todos os dias. Num lance que mal consegue acompanhar, escuta um estampido, um pivete corre na calçada em frente à sua janela, e ela vê quando joga um revólver dentro do tonel de lixo. Treme ao vislumbrar a arma. Descobre um carro parado no sinal e um homem debruçado sobre o volante. Talvez esteja morto. Agita-se, corre para os lados, sem saber como agir. Ela e Sandra são médicas, juraram socorrer vítimas.

— Caralho, só nos faltava essa!

Quebrando um longo silêncio, Sandra pergunta o que foi.

— Um pivete do sinal atirou num homem. Acho que está morto. Somos médicas, temos de socorrê-lo.

Sandra ri histericamente, enquanto engole a bebida. Engasga e tosse. Bebe o restante do copo e procura alguma coisa com os olhos. Acha a garrafa de uísque e sem pedir a Letícia, enche o copo até a borda.

— Você está me lembrando que somos médicas? — pergunta com indiferença.

Letícia grita, vai e volta inúmeras vezes à janela, faltando pouco para atirar-se dela.

— É preciso lembrar? E o juramento?

— Quem leu o juramento foi você, a laureada do curso — comenta com deboche.

— Podemos ser processadas pelo Conselho de Medicina por omissão de socorro.

— Quero que o Conselho se foda. Você me cobre de porrada, diz que vai me matar e depois vem com esse papo de salvar uma vítima. E eu?

Letícia se descontrola, parte para cima de Sandra disposta a esganá-la, mas interrompe o ataque.

— Sua cínica!

Sandra procura a garrafa de uísque.

Volta a chover e o calor aumenta no quarto. Letícia podia fechar as janelas e ligar o ar-condicionado, mas não consegue raciocinar, nem agir. Quase não bebe. Anda como um hamster na gaiola.

— Podia ter sido você, ou Miguel, ou qualquer um de nossos filhos. Ninguém vai saber quem matou. O assassinozinho fugiu correndo.

— Você vai fugir correndo quando me matar ou vai se entregar à polícia?

Letícia não responde; tenta pôr ordem no quarto. Escuta o barulho de sirene e corre até a janela. É uma UTI móvel. Felizmente o socorro chegou. Muita gente parou para assistir à remoção da vítima. Como estará o homem? Quais suas chances de sobreviver? O céu carrega-se de mais nuvens. Pode cair um temporal. Todos os meninos desapareceram da esquina, até os cheira-cola. Letícia sente cansaço e tristeza, o desejo de deitar e dormir. Antes olharia o céu da fazenda, lá no sertão distante, onde o marido e os dois filhos certamente dormem alheios ao seu sofrimento. Nenhum deles imagina o que ela tramou. Falta apenas o revólver. A memória recompõe os passos do pivete: na fuga, ele se livra da arma jogando-a no tonel de lixo.

— O caminhão de coleta passará amanhã cedo — fala como num sonho. — Até essa hora, o revólver continuará onde está.

Sandra bebe, indiferente ao solilóquio. Ainda espera uma resposta, mas Letícia avalia os passos até a arma escondida no tonel: poderá trancar a porta do quarto por fora, atravessar o corredor e a sala, descer um vão de escadas, transpor o jardim e abrir o portão. Ouviu apenas um disparo. Devem restar cinco balas no tambor do revólver. É mais do que precisa.

— Você ainda não respondeu o que vai fazer depois que me matar.

— Nem pensei nisso. Não preciso me esconder, pois o que faço é justo.

Sandra volta a rir sem controle, mas sente dores nos lábios machucados. Estira as pernas e alonga os braços, tentando relaxar. Toma longos goles de uísque, como se estivesse numa festa. Seu pavor retorna quando Letícia fecha o janelão que dá para a rua e cerra a cortina. Sentindo-se um menor desamparado, apela aos velhos argumentos da cartilha esquerdista:

— O que o pivete fez é bastante justo, vingou-se do opressor.

Letícia dispara num riso também histérico, enquanto se movimenta pelo quarto, recompondo destroços.

— Que discurso ridículo! Nós falávamos assim no começo dos anos setenta. Você era a mais burrinha e a mais linda arrastando o lixo da faculdade com a saia longa rasgada. Aquilo acabou, minha filha. Foi-se o tempo em que sabíamos de tudo. Protestávamos contra a guerra do Vietná na esquina do cinema São Luís e depois assistíamos a um filme de Antonioni e a vida se resolvia para nós duas. Enquanto a ditadura torturava professores e estudantes, líamos poemas de Rilke.

— Esqueci tudo isso.

— Você só pensava em levar pra cama o Che Guevara do Recife, um covarde que, quando a coisa esquentava, se escondia no sítio de um poderoso. E nenhum militar punha as mãos na filha do reitor, um pelego do exército. Nem no namorado dela. De Sandroca, a garota mais gostosa e blindada da esquerda festiva.

— E você Letícia, quem era?

Numa fotografia da cidade-dormitório onde moravam os operários da usina de Chernobyl, vemos berços amontoados numa creche abandonada. As paredes largam camadas de tinta, num desolamento de campo de concentração depois que partiram os últimos prisioneiros esquálidos e sem esperanças no futuro.

— Eu era sua amiga fiel, uma aluna de medicina apaixonada por cinema.

Há uma tristeza eloquente na fotografia de Chernobyl, uma metáfora sobre o comunismo e suas promessas falsas. Os pais, na perspectiva da morte iminente, carregaram as crianças que riam e brincavam, deixando no berçário vazio apenas o eco de uma felicidade frustrada.

— Ficou deprimida, Letícia? Lembrei os filmes em que o cara vai condenado à morte e permitem que ele se embebede. Até os fundamentalistas islâmicos deixam os homens-bomba gozar à vontade, antes do pipoco. Quero morrer bêbada.

Fecha os olhos como se fosse dormir e se cala.

Letícia procura um cd no meio de centenas de discos, arrumados em prateleiras. Finalmente encontra o que busca, mas arrepende-se do impulso que a moveu. Olha Sandra, embalada pela música dos carrilhões, indiferente como se nada tivesse acontecido ali. De pé, no meio do quarto, Letícia parece ter esquecido a fala da próxima cena. Sem abrir os olhos, Sandra pergunta:

— Lembra *Rocco e seus irmãos*, de Visconti? Quando o irmão de Rocco revela à família que matou a ex-amante, você caiu no choro e agarrou-se comigo. Eu também chorei, mas não gostava de filmes em preto e branco.

Letícia demora a encadear a conversa. Teme que a amiga apronte uma armadilha para ganhar tempo. Porém Sandra parece tão desamparada que ela termina cedendo ao apelo de trégua.

— Sinto falta dos cinemas de arte. Eu parecia a Cecília de *A rosa púrpura do Cairo*, até podia misturar-me à trama dos filmes, mas faltou um Woody Allen em minha vida.

— Eu nem tenho coragem de perguntar se Miguel... Você acha que Miguel...?

— Nem Miguel nem o arrogante do Paulo, nossos maridinhos. Não compreendo por que você atacou Miguel. Talvez quisesse descobrir o segredo que eu e ele escondíamos. Agora já sabe. Não é decepcionante que um homem tão grande e macho...?

Senta numa beira da cama, mas o corpo não relaxa, mantém a tensão da luta. Sandra a olha compadecida:

— Que disco é esse?

— Nino Rota. A trilha de *Amarcord*.

— Ah! Você foi longe.

— Sempre achei a Gradisca parecida com você: oferecida e distante.

— Bem melhor do que parecer com a Cabíria de Giulietta Masina.

— Sandroca posava de Anita Ekberg, em *La dolce vita*.

— Não aprecio filmes em preto e branco, já disse. Não vai botar o disco? Encha nossos copos, antes.

Letícia despeja uísque até a metade dos copos. Antes de pôr o disco para tocar, toma goles, fazendo careta. Sandra, já bêbada, se agita eufórica.

— Gradisca casa no final. Ponha o disco; quero lembrar. Tem um acordeonista cego ou estou de porre? Você nunca mais tocou seu acordeom. Vá buscá-lo.

— Não.

— Por quê?

— Está desafinado.

Letícia finalmente põe o disco a tocar. O fole do acordeom se dilata e contrai na melodia de uma Itália que só existiu no cinema. Sandra dança pelo aposento, esquecendo a dor na embriaguez. Pula sobre a cama, dá uns passos desequilibrados no colchão de molas e volta a dançar na alcatifa do quarto. Letícia olha a amiga, os olhos cheios de lágrimas. Tudo igual a quando eram adolescentes e brincavam na casa dos pais. Sempre achou a amiga bonita e sedutora. E se Paulo e Miguel nunca a tivessem escolhido?

— Venha, Letícia, crie coragem e dance. A Cabíria também dançou depois que foi traída. O noivo cafajeste só queria o dinheiro da pobrezinha e ainda tentou empurrá-la num despenhadeiro. Há sempre um cortejo de casamento em nossas vidas, um acordeonista e gente dançando. Vá, dance! Podemos celebrar minha morte. Você ainda vai me matar?

A lembrança do revólver atinge Letícia como um raio. Bastam alguns passos até o tonel de lixo. Ninguém erra o alvo de perto.

— Venha, amiga, não seja lerda! Está esperando por quem?

Sandra a chama de "amiga", como nos velhos tempos em que iam a Olinda nas tardes de sexta-feira, após uma semana exaustiva de consultório e emergência, fumar um baseado e ouvir música na casa de uma pintora de aquarelas.

— Se você não vier por bem, vou agarrá-la à força.

A música arrasta Letícia contra toda lógica. O acordeom de Nino Rota, o casamento de Gradisca, os amantes de mentira partindo em lua de mel, deixando corações dilacerados.

Letícia agarra Sandra bruscamente. Assume o papel de homem numa dança descompassada, o braço direito nas costas da parceira inimiga, a mão esquerda segurando a mão rival no alto. Tentam apagar a memória do revólver, enquanto dançam como duas sobreviventes do vazamento nuclear de Chernobyl.

Letícia procura a boca de Sandra.

— Por favor, não me beije nos lábios, estou machucada.

As mãos de Letícia não descansam, correm os peitos, a bunda e as coxas cobertas de hematomas; os dentes impiedosos mordem o pescoço de Sandra com sofreguidão.

— E nossa viagem à Itália, só nós duas, num cruzeiro marítimo? Ainda podemos fazê-la? — pergunta.

A música traz nostalgia de um mundo pós Segunda Guerra, quando todos pareciam felizes.

— Amo o casamento da Gradisca. Um cego tocando acordeom, o vento carregando a toalha da mesa, restos de comida, gritos, canções, nós duas inconsoláveis. Sempre chorávamos no cinema.

Há solenidade na ruína.

— Por que você me traiu com Paulo e Miguel? — faz a pergunta guardada tantos anos.

Sandra capitula à letargia do álcool; mal levanta os pés e já nem sabe a que traição a amiga se refere. Letícia a sustém, arrastando-a pelo cenário desolador. A música é um contraponto lírico à paixão violenta. De fora, não chega um único ruído. O dia deverá amanhecer e com ele um carro recolhendo o lixo. Mas Letícia não atenta em nada que não seja a dança. Sente o corpo adormecido da amada e cuida em não acordá-lo. Com extrema doçura, num quase acalanto, fala ao ouvido de Sandra, mesmo que ela não a escute mais:

— Adoro filmes de amor em preto e branco.

Romeiros com sacos plásticos

Maria do Carmo decidiu não ir ao comício. Estava cansada da viagem, das cento e dez léguas percorridas num caminhão. Mais de seiscentos quilômetros num único dia, ela poderia dizer se no seu vocabulário existisse tal medida de distância. Do Carmo é inteiramente alheia ao comprimento de onda luminosa emitida pelo criptônio 86, que estabelece o tamanho de um metro. O mesmo de uma passada ligeira, quando do Carmo se apressa, o que não acontecia agora.

— Vamos com a gente — insistiam os companheiros de viagem.

Porém ela não arredava pé da cadeira onde sentara para descansar. Pé, palmo, braça, medidas sem uso, esquecidas em livros antigos, como a versta russa dos romances de Tolstói.

— Prefiro ficar. Estou sem forças, as carnes tremendo.

Se algum dos romeiros tivesse lido *Guerra e paz*, diria para ela animar-se, pois a distância até o palanque do comício era de pouco mais de três verstas e uma versta equivale a 1,067 km. Porém nenhum conhecia os romancistas russos, ou estudara matemática, e poucos soletravam as palavras escritas nos livros. Sabiam fazer perguntas a do Carmo.

— E o governo?

— Não é dessa vez que vou conhecer. Já vivi tanto tempo sem notícia dele.

— O governo vai falar.

— Que fale. Vocês ouvem e contam pra mim.

— Contamos.

* * *

Todos juravam não esquecer o discurso do político.

Nem a torturante viagem em cima de um pau-de-arara: caminhão com tábuas atravessadas na carroceria, onde homens, mulheres e crianças sentavam desconfortáveis, mal conseguindo acomodar as pernas. Percurso longo, muitas horas debaixo do sol quente. Tortura parecida com a de outro pau-de-arara, em que penduravam as pessoas pelas pernas e braços, para o suplício de choques elétricos, banhos frios, açoites e a alucinação de uma lâmpada incandescente como o sol, acesa no rosto do infeliz até o limite da morte. Tempos de ditadura militar e de muitas outras ditaduras do horror, que se repetem sempre iguais nas várias latitudes do planeta, do Ocidente ao Levante. Porque os homens e os regimes políticos de vez em quando são acometidos da mesma insanidade e inventam máquinas absurdas: um pau atravessado numa cela de prisão; tábuas atravessadas em carrocerias de caminhões. Homens e mulheres pendurados ou escanchados, a lâmpada quente, o sol, o terror, as perguntas sem resposta.

— Fiquei rouca de tanto cantar. Desde as primeiras horas, quando sopram a friagem e o orvalho. Protegi o pescoço com um pano, mas de nada valeu. Ainda era madrugada e o caminhão pegando romeiros nos sítios, nas cidadezinhas, em todo lugar onde mora gente. Eu não parei um instante, até nossa chegada a Juazeiro. O dia começava a escurecer. Mal pude avistar a imagem do meu Padrinho, lá longe na serra do Horto. Cada bendito eu cantava doze vezes; os de sortilégio cantava sete, para não quebrar a corrente de força e não sobrevir castigo. Não sei quem inventou que romeiro precisa cantar durante toda a viagem. Eu não fui. Tenho juízo, graças a Deus!

— Não vai mesmo?

— Não.

— Pois nós vamos, pra voltar cedo. Quem madruga, Deus ajuda.

— Vão logo que já é tarde. Parece dia porque acenderam as luzes elétricas. Porém eu sei que é noite. Atravessei o mundo, mas não perdi a noção do tempo.

Se estivesse em casa, seria hora de ordenhar as ovelhas e as cabras. Fervia o leite, despejava numa xícara de louça e bebia devagarzinho para não queimar a língua nem o céu da boca. Conhecia o leite em pó, as latas e embalagens de plástico, mas nunca desejou usá-lo. Os mercados ofereciam variedades, tantas que do Carmo ria do exagero. Nem por elas largava as cabras e ovelhas, criadas nos currais de varas trançadas, no conforto de cocheiras cobertas de telhas. Difícil era conseguir ração quando não chovia. Soltava os bichos pra comerem o que encontrassem. Os peitos das fêmeas secavam; sumia leite e fartura. Úberes vazios como as latas em que guardava doces caseiros. Ganhava vidros e latas das vizinhas. Antes de usar, arrancava os invólucros com os nomes das marcas, desenhos bonitos e palavras difíceis. Poucos sabiam ler. Deixava os vidros e as latas de molho na água, amolecendo a cola. Esfregava os dedos no papel até sumir a última lembrança de celulose e os flandres reluzirem como prata. Fervorosa, vingava-se dos que tentaram convencê-la a largar a amamentação dos filhos em troca desse outro leite, mais forte e com vitaminas, segundo garantia a propaganda. Resistiu aos apelos e os filhos continuaram sugando seus peitos. O bom leite materno das fêmeas paridas: mulheres, ovelhas, vacas ou cabras. Sempre o mesmo leite, desde os tempos antigos quando representavam as deusas com os peitos fartos e as barrigas crescidas de úteros grávidos. Os templos não passavam de leiterias e os devotos, em vez de rezarem, bebiam leite.

— Se eu estivesse em casa...

Estava no Juazeiro do Norte, aonde viera pagar promessa. Em casa, sentaria na calçada olhando os descampados. Nada parecido com esse cruzar de gente, sem descanso. As ovelhas e as cabras cochilam no curral, enquanto o vento levanta o que encontra pelo chão. Antes, os redemoinhos arrastavam palhas, cascas, folhas secas e poeira. Dentro deles morava um diabinho. Agora, se um redemoinho corre deixa um lixo de fazer nojo, todos os plásticos inventados, as bugigangas que os romeiros compram nas viagens e trazem para casa como se quisessem reproduzir as cidades. O mundo cismou de ser igual, em qualquer lugar que se imagine.

As cabras e ovelhas formam um rebanho pequeno, como a família de do Carmo: o marido silencioso trabalha sem descanso; o menino frequenta escola e deseja coisas impossíveis; a filha quase morreu de febre e é o motivo de estarem no Juazeiro, pagando promessa ao santo Padre Cícero.

— Escapou quando o Anjo da Morte segurava seus pés. Agarrei a menina pelos braços e roguei desesperada aos santos: se deixarem minha filha morrer, morrerei junto. Não façam isso com uma pobre mãe, pois elas não vivem pra enterrar os filhos. E a menina entregue ao delírio, dizendo palavras sem compreensão, um fogo consumindo as carnes. Eu botava pano frio nas têmporas, querendo aliviar a febre, dava chá de ervas, mandava benzer e a febre só fazia aumentar. No sofrimento, repetia a mesma ejaculatória: na hora de Deus, amém, se é de fazer o mal, faça o bem. A doença se arrastando, as lavouras abandonadas, a alegria esquecida atrás da porta como vassoura velha. Onde buscar consolo se a filha encontrava-se às portas da morte?

— Só uma promessa de romaria ao Juazeiro do Padre Cícero e da Mãe das Dores pode salvar a menina. Prometa vestir ela de noiva: vestido branco, véu e grinalda. Os pés descalços em sinal de humildade. Levem velas e todo dinheiro que juntarem durante o ano. Deem esmolas aos santos e aos pobres.

— Prometo qualquer coisa. Irei à festa de finados, pois o mês de novembro está longe e dá tempo de juntar dinheiro. Não temos muito, mas sempre temos. Com a força do meu coração, eu prometo. Faço o que me pedirem: ando descalça, me visto de franciscana, subo ladeira de joelhos para ver minha filha curada.

— Leva a menina vestida de noiva?

— Já disse que levo se a morte deixar ela em paz por essa vez. Mesmo que volte mais adiante, daqui a uns anos.

Não imaginava um dia ouvir essa conversa da filha:

— Escapei por milagre. Meus olhos ainda estão amarelos da doença. Senti cheiro de vela, queimando no céu.
— As promessas para o santo Padrinho Cícero te salvaram.
— Os remédios, também.
— Duvida dos milagres do santo?
— Não duvido. Deus me livre disso.

E também livre o filho menino, que nem é a terceira pessoa da Santíssima Trindade, mas um menino mesmo, crescendo para ser homem.

Num dos retratos da família em Juazeiro, posto na parede entre as imagens dos santos e as flores de papel crepom com debruns de areia prateada, o menino tem os olhos abertos para a máquina. A filha, vestida de noiva e de pés descalços, estampa feições de convalescente, sem brilho e sem vida. A coroa de flores brancas de organdi, com pistilos amarelos, prende um véu descendo até a cintura, cobrindo os cabelos negros encaracolados. Seria bonita não fosse a imensa tristeza dos olhos e a aura de morte que a circunda. O pai contempla o infinito numa diagonal, tentando esgueirar-se das lentes, que registram seu medo quase pânico. Apenas do Carmo avança o corpo para a frente, como se estivesse indo embora e nem mesmo a fotografia conseguisse aprisioná-la. A imagem de mulher corajosa se destaca no instantâneo: é a primeira que se olha e a última que se esquece. Pai, mãe e filhos não se tocam, os braços pendurados ao longo dos corpos. Carregam sacos plásticos, cheios de compras, talvez. Esses carregos aumentam a impressão de movimento e partida, a pé ou em paus-de-arara, de avião ou navio. Os malotes improvisados insinuam viagem urgente, a qualquer momento, para algum lugar.

São milhões de fotografias, cliques de máquinas tentando registrar o instante que logo será outro, num tempo fluindo sem controle dos romeiros. Eles chegam e partem levando fitinhas, imagens, terços, rosários, escapulários, flores, papéis e mais plásticos, sacos que entulharão terreiros e calçadas, dando trabalho ao vento em levantá-los como se fossem pipas. As fotografias reproduzem os mesmos homens, mulheres, crianças e velhos sem ligação aparente com o universo, recortados contra um fundo de pano escuro ou uma parede arruinada em que é possível ver resquícios de escrita, armadores de rede, fios elétricos, tomadas e reproduções de pinturas com os santos do céu. Em todos os rostos romeiros, a mesma expressão de espanto. Chegam após horas de viagem cansativa, alojam-se nos albergues, circulam por ruas, igrejas e lugares de devoção beata, retornam ao ponto de origem e deixam o Juazeiro Santo afogado em lixo, mijo e merda.

— Leia o bilhete! Sabe ler? Quatro da manhã do dia trinta de outubro. Inventaram essa novidade. Antes, nunca existiu bilhete para caminhão de romeiro. Agora tem muita gente querendo viajar ao Juazeiro. É preciso reservar um lugar, um canto espremido numa tábua onde mal cabem cinco e se acomodam sete. Nem ao inferno viaja-se tão apertado. As estradas do inferno são planas, não têm pedregulho ou cascalho, nem um argueirinho para Santa Luzia tirar com o lenço. O diabo varre todos os dias. As estradas que levam ao céu são puro sofrimento. E o transporte, um caminhão de carroceria comprida, com doze tábuas atravessadas e sete romeiros em cada tábua. Somam oitenta e quatro devotos. Subirão feito anjinhos para o céu, se o caminhão virar, matando todos de uma vez.

— Pois nós vamos indo.
— Ainda estão parados? Esperam o quê? Já disse que me falta coragem de ir.
— E eu vou com esse traje de noiva?

— Foi o que prometi ao meu Padrinho Cícero e à minha Mãe das Dores.

Passam homens e mulheres vestidos de branco, de preto ou de marrom, conforme a promessa que fizeram ou a irmandade a que pertencem. Todos se dirigem ao comício do governador do estado. Ele prestigia a festa dos romeiros e garante votos na próxima eleição.

— Ainda está assim? — perguntam a do Carmo.
— Estou e vou continuar desse jeito.

É sempre tão sincera; quase áspera. O marido recolhe-se à timidez e ao silêncio. Os filhos se acostumam ao modo franco da mãe.

Pai e filhos assistirão ao comício com os vizinhos e conhecidos. O homem justifica a teima da mulher em não ir com eles: ainda não lavou a poeira da estrada. Toma-se banho somente depois de visitar os lugares santos da romaria. Sete pontos de devoção criados pela Igreja católica para angariar donativos. Ou pelos próprios romeiros, que dessa maneira permanecem mais tempo junto ao Padrinho. Todos se impõem uma via-sacra de penitências e, enquanto não a cumprem, sentem-se impuros, cobertos de sujeira e pecados.

— Já paguei minhas obrigações de romeira e posso me lavar.

Em águas poucas de ano seco.

— O pão nosso e a água nossa de cada dia nos dai hoje.

Dai-nos hoje a bacia com água, onde as mãos mergulham com apego sincero e fervoroso, semelhante ao de um muçulmano contemplando a Caaba. A Pedra Negra do santuário de Meca escureceu por acumular os pecados dos homens. A água das fontes de Juazeiro lava o rosto que se inclina até a superfície líquida. Lava os olhos, o nariz, a boca e os ouvidos, tentando livrá-los do cansaço e do medo.

— Obrigada, aguinha fria. Agora, derramo um pouco no pescoço e refresco o calor. E também nos pés, que doem muito. A sandália de couro aperta, como se tivesse raiva dos meus dedos. O que eles fizeram com você, sandália? Só caminharam. Será algum mal, caminhar? Pronto. Estou descalça e vocês se livram de meu peso. Boto um vestido limpo, como um bocado de arroz com feijão e me deito numa rede. Foi bom não ter ido ao comício. Assim, descanso e olho quem passa.

As casas se esvaziam. Nos caminhões ficam apenas as redes desarmadas, presas nas traves de madeira que sustentam a coberta de lona. Dentro delas, o cheiro de suor e a memória de um sonho. Suor de quem não toma banho por falta de água; sonho de ficar morando nos arredores da cidade, onde há sempre a promessa de trabalho e sobrevivência mais fácil. O pedaço de terra, a pouca lavoura e os bichos são deixados para trás. Retrai-se a memória, mudam os hábitos. A imagem do Padre Santo é o novo meio de vida. O romeiro visitante, comprador de milagres, se transforma num morador de Juazeiro, vendedor de milagres. Há resposta para tudo, eles acreditam. E já não perguntam por que vieram. Sobem e descem carregando sacos plásticos abarrotados, que algum dia serão elevados ao céu por um vento quente e arenoso, semelhante ao que sopra no deserto da Arábia, onde outros milhões de peregrinos buscam resposta e consolo para as mesmas perguntas e sofrimentos dos romeiros cearenses.

Maria do Carmo apura o ouvido e escuta música de rabeca acompanhando a voz de uma pedinte cega. Desde sempre aquela mulher esteve por ali, sentada num pequeno banco, entoando canções aprendidas não se sabe onde. Que memória guardaria a lembrança de outros esmolés perambulando em praças e feiras iguais às de Juazeiro? E do instrumento áspero como a cítara? E a melodia, que caminhos terá percorrido até chegar à cantora pedinte? Com certeza atravessou desertos, dormiu sob tendas, em portas de igrejas e albergues sujos. Cruzou oceanos e foi executada no convés de um navio, por um músico espantado com a grandeza do novo mundo. Trata-se de um canto à Virgem Maria, composto pelo rei Dom Afonso, o Sábio? Se for uma dessas cantigas, que tortos percursos fez até chegar ao Juazeiro? A melodia agora se empresta para a cega cantar um cordel, O Romance do Pavão Misterioso, falando de um amor impossível e da máquina voadora. Refere acontecimentos em terras distantes, em transformação como esse Juazeiro onde voam aeronaves imaginadas por algum poeta visionário. Os romeiros indiferentes ao calor e à imundície, as mãos entulhadas de sacos plásticos, vez por outra param e escutam a melodia triste. Nunca saberão de onde ela veio e por isso mesmo lhes parecerá mais triste.

— Boa noite! Não fui porque estou cansada. O marido e os filhos já chegaram lá. Eu sei, todos foram. É preciso paciência para tantas perguntas. Cheguei ao Juazeiro e não deixo de pensar na casa, nos bichos presos no curral. Descansa, juízo! Pensa na filha que devia a promessa. Se não pagasse neste ano, teria de ser no próximo. Melhor agora, pois estou viva. Boa noite! Todos se cumprimentam, até parecem se conhecer. Boa noite! Não pude ir. Vou entrar na hospedaria, pois se continuo aqui fora, perco o resto de voz e não tenho como cantar os benditos na volta. Ouvi baterem palmas, muitas palmas. E agora, gritaram: viva! Ouço tudo, pra isso nasci com orelhas. Não para de passar gente. De onde saiu tanto romeiro? O mundo possui uma infinidade de homens, mulheres, velhos e crianças. Eu nem imaginava que fossem tantos. Lá onde moro, somos bem poucos. Vejo as pessoas quando vou à feira. E se esqueceram de prender as cabras e as ovelhas no curral? Os dois cabritinhos novos talvez estranhem minha ausência. Animais sentem falta de seus donos. Boa noite! Não esperou pelo fim do comício? O que o governo tem pra nos dizer? E é a mim que pergunta? Esfriou bastante. É melhor pegar um pano lá dentro. Boa noite! Vivi esses anos todos e nunca conheci o governo. Só escutei pelo rádio e vi na televisão. Levaram os meninos pequenos pra assistir à novidade. Boa noite! Adormeceu e vocês voltaram. É uma judiação com os bebezinhos. Amanhã começa tudo outra vez. Ruas cheias de gente, igrejas, missas, terços, procissões, ladainhas, bênçãos. Os padres não cansam de pedir rezas pra aliviar os pecados. Que pecados? Possuir umas cabras, dormir em cama, comer três vezes por dia. Governo tem pecado? Também vai pro inferno como os romeiros? Com certeza, não vai. O marido me disse que ele fala bonito. Quando ouviu a voz no rádio, sentiu vontade de chorar. O Padre Cícero falava assim com seus devotos. Mais vivas. E agora soltam fogos. Nunca imaginei que fossem tão bonitos. Parecem estrelas caindo. Se eu estivesse na praça, também gritaria: viva! Amanhã teremos missa o dia inteiro. De tarde será a despedida. Os padres abençoam e recomendam os romeiros ao Padrinho Cícero e à Mãe das Dores. Tomara não aconteça nada de mal no retorno às nossas casas e todos voltem sempre ao Juazeiro, tragam esmolas, comprem medalhas e escapulários. Boa noite! Vi o fogaréu, sim. Minha filha poderá livrar-se do vestido de noiva; incomoda tanto. A promessa foi paga, felizmente. Boa noite a vocês também! Terminou cedo, graças a Deus! Será que eu deveria ter ido? O que deixei de escutar minha Mãe das Dores? Alguma promessa nova? A minha eu já paguei.

1978/2010

Pai abençoa filho

Era lei em nossa casa: os filhos homens não podiam chorar.

No dia em que eu fui embora para o Recife, senti um aperto no coração, a garganta travou, os olhos encheram-se de lágrimas. Tinha razões de sobra: ia morar numa cidade grande e desconhecida, não levava endereço certo, nem havia feito matrícula num colégio. Era tudo nebuloso no futuro do menino de dezessete anos, que deixava a casa paterna, o paraíso verdejante do Cariri cearense e sua gente acolhedora. Como na canção de Torquato Neto, minha mãe e meus sete irmãos só me acompanharam até a porta. Apertei suas mãos sem dizer uma única palavra, os dentes cerrados. Se deixasse escapar um singelo adeus, o açude represado de lágrimas romperia. Meu pai me olhava firme, vigilante. Com ele planejara largar a vidinha feliz, conhecer outro mundo, tentar a sorte. Eu me formaria em medicina, levaria os irmãos mais novos ao Recife e ajudaria a educá-los. Árduo compromisso. Assumi-o no lugar do irmão mais velho, que se recusou a deixar a casa onde nascera. Nem precisei lançar mão da astúcia de cozinhar um cabrito no lugar de uma caça e recobrir-me de pele, enganando Isaac. Sem artimanhas nem disputas, sem intervenção da mãe passional, Jacó vencia Esaú. O pai me outorgava uma primogenitura que não me garantia plantações, rebanhos ou imóveis. Entregou-me um bastão simbólico e me enxotou para longe.

Que Deus te dê
o orvalho do céu
e a gordura da terra,
trigo e vinho em abundância!

Desde os ciclos migratórios das décadas de quarenta e cinquenta, quando as fazendas sertanejas se esvaziaram dos moradores, meus pais compreenderam não existir mais futuro no campo. Largaram o plantio de algodão, os criatórios de gado, as lavouras, e assumiram a tarefa de iniciar os filhos numa outra existência. No que dependesse deles, todos frequentaríamos universidade. Sábia escolha do pai, um homem que aprendeu a ler sozinho e atravessou noites acordado, brigando com os enigmas do português e da aritmética. Por algum mistério que nunca desvendei, os livros eram objetos de fetiche na família, prestando-se a verdadeiro culto dos tios letrados, homens sábios e faladores.

Foi meu pai quem me acompanhou até a garagem do ônibus, pois não existia rodoviária naquele tempo. Caminhava ao meu lado, solene e silencioso. Pouco atrás, um carregador transportava na cabeça a parca mudança: mala de couro e caixa de papelão amarrada com cordas de agave; a mais franciscana pobreza. Eu remoía a história narrada por minha avó de três irmãos que abandonam o lar em busca de fortuna. A todos eles o pai pergunta na hora da despedida: "Você prefere muito dinheiro e minha maldição ou pouco dinheiro e minha bênção?" Apenas o mais novo escolhe a bênção e pouco dinheiro, alcançando sucesso e ventura.

Quem entrava na casa dessa avó materna, contadora de histórias, avistava na parede principal da sala de visitas uma imagem do Coração de Jesus, litografia suíça, herança de família. Logo abaixo da imagem em tons verdes e pretos, lembrando um ícone russo, puseram o retrato de meu avô Pedro Zacarias de Brito, fotografado dentro do caixão em que o enterraram. Esses dois personagens reinavam absolutos na casa grande e antiga do sítio Boqueirão, no Crato, no Ceará. Era impossível não avistá-los uma centena de vezes por dia e mais impossível não se sentir olhado, vigiado e protegido pelos dois senhores poderosos. Minha avó Dália Nunes de Brito professava uma religiosidade popular, inventada por ela mesma. Nesse cristianismo sertanejo não aconteceram as sangrentas matanças dos cruzados, nem as fogueiras dos tribunais da Inquisição e nunca se mencionou a usura de Roma, acumulando tesouros ao longo da história. Sem apego aos bens materiais, ela fazia questão de não possuir outra riqueza além das terras deixadas pelo marido. Os únicos objetos intocáveis na casa de portas escancaradas eram as imagens dos santos, a mesinha de altar com toalha de renda de bilros, dois castiçais de vidro e uma jarra de porcelana. Minha avó rezava um rosário às três da madrugada, outro ao meio-dia e um terceiro ao anoitecer. Valia-se do Coração de Jesus e do marido morto em todas as agonias. Uma vez por ano festejava o Sagrado Coração, na data em que ele fora entronizado na parede de onde nunca mais deveria sair. A Renovação — era assim que chamavam a festa — acontecia no mês de julho, época de colheitas e fartura.

Lembro alguns versos que cantavam:

Quando eu entro nessa nobre sala,
é pelo claro dessa luz;
louvor viemos dar,
ao Coração de Jesus.

As mulheres entoavam benditos, os homens soltavam fogos, servia-se aluá de abacaxi, bolo de mandioca, pão de ló de goma, sequilhos e biscoitos. Tudo modesto e exíguo. Porém, não existia felicidade terrena maior que a festa de renovação.

Expulsam-me do Paraíso. Ganharei o pão com o suor de meu próprio rosto. A cidade que atravesso a pé é como as cidades que vislumbramos em janelas de trens, pela última vez. Heráclito e o rio que não para de fluir. Quando voltar algum dia, se voltar, serei outro. Terei esquecido vocábulos e sotaques. Igual a um cego, a memória buscará cheiros que me guiem por antigas sensações. Talvez ainda escute o Granjeiro, rio do Crato, correndo nas estações das chuvas, as pedras rolando serras abaixo, arrastadas como vou agora, estoico diante das escolhas que fizeram em nome do filho.

— *O filho é Deus?*

— *Sim, o filho também é Deus.*

Não me canso de repetir a lição do catecismo, enquanto percorremos a cidade: eu, na dianteira; o pai, logo a seguir; por último o carregador com meus pertences. Hermes conduz Orfeu e Eurídice pelos caminhos do Hades, de volta à Terra. Não posso olhar atrás, não devo olhar atrás. Se me viro, o que sonhei se desfará em partículas minúsculas, como num delírio luminoso após os olhos contemplarem o sol com arrogância. Orfeu não confia em Hermes, na promessa de que Eurídice vem no encalço dele. Orfeu é um simples mortal, esperançoso de reaver a amada. Contraria as recomendações do Deus e olha para trás. Avista pela última vez a silhueta frágil, deslizando nos ares de volta ao Inferno. Não sou Orfeu. Desejo que nada do que amo se perca. Afirmarei a todas as pessoas: a medicina foi minha escolha. Melhor que ser padre, engenheiro ou militar. Meus sonhos não me largam; caminham na retaguarda como um exército de anjos. Não olharei para trás e nada se perderá de mim.

Nem o teatro, nem a literatura.

O teatro.

A primeira lembrança é de uma varanda alta, oculta por empanada de lençol. A encenação acontece no sertão dos Inhamuns, no Ceará, à luz de candeeiros, em noite solene. Representa-se um drama. Com esse nome chamavam-se pequenos esquetes guardados de memória e transmitidos de geração em geração. Meu pai é o autor da façanha de escolher entre moradores da fazenda os que conseguem decorar textos e dizê-los com a cabeça erguida. Eu tenho apenas quatro anos. Ainda me pergunto de onde nascia a vontade de representar os dramas de calçada: cançonetas e farsas, romances e entremezes anacrônicos e perdidos. O tosco teatro de minha infância não resistiria ao julgamento de um crítico, mas era a expressão de um povo separado do mundo, vivendo feudalmente num tempo em que já explodira a bomba atômica.

Entre os dramas, havia um de nome *Sebastião e Sebastiana*. Após estripulias e desencontros, Sebastião entregava um cravo branco à sua Sebastiana. Meu pai foi o artesão dessa flor em papel crepom, um luxo de beleza em meio às pedras que nos cercavam. Aos olhos de menino ela me pareceu tão bela que a desejei. Fiz meu pai prometer que o cravo seria meu, assim que a peça terminasse. Não foi. A flor desapareceu num mistério.

Aprendi depois que o teatro sempre esteve ligado aos ciclos da vida do homem. No Egito antigo, na era dos reis divinos, os sacerdotes sacrificavam o rei e a rainha, no ato da cópula, para que o sangue derramado propiciasse as enchentes do rio Nilo. Um dia, essa morte foi simbolizada através do teatro. Em vez do sacrifício de sangue, seu simulacro. No perdido sertão dos Inhamuns, repetíamos um ritual parecido. Nos longos períodos de estiagem, banhávamos os túmulos dos mortos cantando e chorando, pedindo que a chuva trouxesse vida novamente à terra seca e infértil.

Quando mudei para o Crato, com cinco anos, fui iniciado nos rituais da Igreja católica. Os dias regulavam-se pelo calendário das festas religiosas; as horas pelo sino da catedral. Almoçávamos quando batiam onze badaladas; jantávamos às seis; dormíamos às oito. Todos obedeciam ao sino como ao *Pai Nosso que estás no céu*. A igreja, plena de liturgias, foi o melhor teatro a que assisti. Nada se comparava aos cenários magníficos e ao júbilo diante do sagrado. O latim incompreensível, a riqueza profana, a música e os cantos deslumbravam os fiéis. Entrava-se na Casa de Deus com a emoção de um espectador, a mesma de quem entra no cinema ou numa sala de espetáculos.

Em maio, celebrava-se Maria como os gregos festejavam Ártemis e os romanos, Diana. De manhã cedo, partiam com Nossa Senhora de sua igreja à casa de um venerador, onde ela ficava o dia. De noite, enfileirados numa procissão de velas acesas, os fiéis traziam a santa de volta. Durante trinta e um dias repetíamos esse ofício, ao som de vivas e cantos. Na última noite do mês, armavam um grande altar na praça da matriz e o cobriam com dezenas de crianças e moças vestidas de anjos, arcanjos, querubins e serafins, para a coroação de Maria. Compunham a cena a banda municipal, os fogos e as girândolas, o vigário, o clero e milhares de fiéis. Cantavam os anjos, tocava a banda e a imagem de Maria Santíssima parecia exultar aos nossos olhos crédulos. Finalmente, o anjo mais graduado da corte celestial de mentira, posicionado logo atrás da Virgem, na altura infinita do altar, pousava sobre a cabeça da Mãe Santa uma pequena coroa de rosas. Todos vislumbravam as portas do céu se abrindo, num verdadeiro milagre teatral. O Vigário gritava: Viva Nossa Senhora! Nós respondíamos: Viva! A banda executava um *Glória* majestoso; o fogaréu iluminava a fachada da igreja; bombas explodiam formando uma cerca sonora de fogos; anjos sopravam trombetas e o falso céu resplandecia. Imaginávamos que entrar na morada celeste seria triunfal como aquele instante. Se não fosse, melhor arder nas chamas eternas do inferno.

Apenas nesse mundo de júbilo e farsa recuperava o cravo branco extraviado na infância. De nada valeria falar dos meus receios ao pai, ele me empurrava à medicina e ao Recife. Eu prosseguia sem recuos, os olhos lacrimosos fotografando com lentes embaçadas as imagens mais queridas, comprimindo-as na memória como as roupas e os livros na mala de couro.

— Vá, meu filho!
— Vou.
— Seu irmão mais velho não aceita ir.
— Vou.
— Seu pai precisa de ajuda.
— Vou.
— Confio em você.
— Vou.

De verdade, eu não articulava nenhum monossílabo, apenas um som de garganta atravessava os dentes, gerando uma resposta afirmativa com o balanço de cabeça.

— Vou. Sim. Vou. Sim. Vou. Sim. Vou. Sim. Vou. Sim.

Os maxilares, rígidos como os de um tetânico, não podiam me conceder o choro. O pai não permitia, nunca permitiu. Melhor continuar andando, sempre em frente, nunca olhar para trás, como o infeliz Orfeu. À direita e à esquerda, eu avistava os cartões-postais de meu pequeno mundo: a igreja, a praça, a biblioteca municipal, o cinema, as fachadas das casas. Bem mais distante, a ladeira do Seminário, por onde subi com sete anos e assisti à Lapinha. Uma mulher que trabalhava em nossa casa levou-me para conhecer esse teatrinho de gente pobre. Encantei-me com as asas da borboleta e do anjo, dois personagens da brincadeira. Desejei-as como ao cravo de papel crepom. A mesma mulher que me pegou pela mão e elevou-me ao céu do teatro desceu comigo ao porão de uma cadeia e mostrou-me um preso enforcado.

— Olhe.
— Estou olhando.
— Sente medo?
— Sinto.
— Você pensa que no mundo só existem anjos e borboletas de mentira?
— Penso.
— Se engana.
— Quero as asas para mim.

A mulher trouxe as asas e me deu de presente. Asas de tule azul armado em arame, com enfeites de lantejoulas e areia prateada: borboleta. Asas de papelão duro recoberto por falsas penas de papel de seda branco: anjo. Desejei usá-las, esvoaçar e correr por dentro de nossa casa. Meu pai permitiu apenas que eu as pendurasse nos caibros de um quarto velho, onde se cobriram de poeira e teias de aranha até se desfazerem na umidade e na lembrança.

Contrapondo-se ao júbilo mariano, a teatralidade da Semana Santa nos precipitava num mundo de medos e culpas. Cobriam-se os santos de pano roxo, rezavam-se as vias-sacras, obedecia-se um rigoroso jejum. Em vez dos louvores alegres e dos sinos, as batidas da matraca e o lamuriento cantochão. O Senhor Morto percorria a cidade dentro de um esquife macabro e arrancava lágrimas das pessoas no seu encontro com a Mater Dolorosa. Não tomávamos banho na Quarta--feira, não assobiávamos na Sexta. Tempo de bacalhau magro e proibições. No Sábado, felizmente, uma réstia de alegria. À meia-noite, acordado à custa de café e extrema curiosidade, eu assistia à missa de Aleluia, a mais exuberante encenação religiosa. No momento da ressurreição, apagavam as luzes da igreja, tocavam os sinos, os fiéis baixavam a cabeça. De esgue-lha, arriscando-me a ser excomungado e queimar no inferno, via a imensa cortina negra que ocultava o Cristo Crucificado despencar das roldanas que a sustinham, revelando um novo Cristo, vivo e refeito, a não ser pelas chagas eternas. Sentia-me cúmplice do milagre, talvez o único espectador a contemplá--lo, enchendo-me de doçura. Tamanha bondade não durava mais que um dia. As traquinices voltavam em dobro, logo no dia seguinte.

A alma pressente o que busca e segue as pegadas dos seus mais obscuros desejos. Platão citado pelo professor de química, um padre violinista. Teria apenas de adiar os proje-tos silenciosos. O cravo e as asas me aguardavam numa esqui-na do mundo, sorrateiros como o diabo, numa terça-feira de carnaval do Recife. Esperassem; estava a caminho.

Eu não podia despedir-me de meu pai sem balbuciar o adeus e sem pedir a bênção. Precisava escutar de seus lábios a fórmula protetora do Deus te abençoe. Atravessava a cidade a pé, com a sensação de que me empurravam para o desterro. Nunca um trajeto me pareceu tão longo.

Chegamos. O carregador instalou as bagagens no ônibus, recebeu o pagamento e deixou-nos sozinhos com meia hora de espera e constrangimento. Foi uma eternidade. Meu pai apertou minha mão, o máximo de afeto permitido entre nós; não me olhou, de modo que nunca soube o que sentiu naquela tarde. Na família, não existiam trocas de afagos e confidências, apesar dos fortes vínculos que nos uniam. Também apertei a mão dele, e consegui pedir a bênção sem chorar. Ele me abençoou e parti sozinho. Sozinho, chorei horas seguidas e tive a primeira de muitas consciências: a de que era senhor do meu pranto.

Os velhos costumes caíram em desuso, já não se pede a bênção a ninguém. Ah! O poder mágico dessa invocação! Todas as noites, antes de dormir, escutava os irmãos gritarem dos seus quartos para o quarto dos pais: A bênção! Só calavam depois que ouviam o Deus te abençoe. As três palavras pareciam o lençol que nossa mãe estendia sobre as redes, nos protegendo dos respingos de chuva, na casa de telha-vã. A fórmula não se referia ao Deus de alguma instituição religiosa, era apenas uma graça pacificadora, um sonífero sem droga, que aplacava angústias e medos.

Chegou o tempo em que desprezei os costumes da família, virei o rosto aos velhos que cobravam o pedido de bênção, senti nojo das mãos descarnadas das tias, estendidas para que eu as beijasse. Morreu a geração de bisavós, depois caíram os avós, e já começaram as baixas nos tios paternos. Quando não restarem familiares vivos na fileira dos pais, assumirei a linha de frente e não terei quem possa abençoar-me. Ninguém protegerá minha retaguarda; todos estarão depois de mim. Nesse futuro próximo, serei eu a abençoar.

Por esses dias, meu filho mais novo também fez uma viagem; foi estudar na Inglaterra. Achei que minha história se repetia em condições diferentes e por uma estrada bem mais comprida. Conversei com ele sobre seus projetos em relação ao futuro, ajudei-o a comprar as passagens, o curso, o seguro-saúde, a arrumar as malas. Levei-o ao aeroporto na companhia festiva dos amigos, da namorada, dos irmãos. Eu e minha mulher éramos as únicas pessoas graves na comitiva.

Meu filho transpôs o portão de embarque, tudo estava certo, não faltava mais nada. De repente, ele voltou até junto de mim, me estendeu a mão e pediu: A bênção, pai! Pronunciei o Deus te abençoe e a ordem do mundo se refez, uma ordem em que se recompõem os elos com o passado, sem nenhuma culpa pelas formas que o presente assume. Não sei o que meu filho sentia, nem em que pensava quando me pediu a bênção. Talvez tenha lembrado a história dos três irmãos, a que minha avó me contava e contei a ele. Todas as experiências do homem são de algum modo análogas. Está escrito no Eclesiastes, o livro em que aprendi a ler, ajudado por meu pai.

Rainha sem coroa

— Tereza, não vá!
— Vou!

E foi.

Difícil contar a história. As palavras mudam o significado todos os dias, se transformam. Perdem a validade como os remédios nas prateleiras das farmácias ou os iogurtes nos supermercados. O que era compreensível há cinquenta anos virou grego.

Maracatu.

Quem, fora do Recife, conhece? Abrem o dicionário de folclore e leem: grupo carnavalesco pernambucano, com pequena orquestra de percussão. E muito mais ciência jogada fora por Câmara Cascudo. A meninada escuta manguebeat, agita os braços e fica de bobeira, alheia à história. As nações negras também perderam a ligação com o sagrado, viraram carnaval.

— Tereza era rainha do maracatu Indiano e não fora convidada para o aniversário da rainha D. Emília, do maracatu Elefante. Em vez de sentir-se ofendida, ela decidiu ir à festa de penetra.

Tente explicar a um diretor da Televisão BBC o que significa maracatu. Ele precisa rodar um documentário para uma série de dez filmes sobre a música de alguns povos, gente que vive nos extremos do planeta. Você joga a informação, aguarda resposta, mas os olhos azuis só expressam ignorância. O inglês não entende nada do assunto. Acaba de chegar da Lapônia, sente-se exausto pelo esforço de desvendar aquela gente miúda, vestida em roupas coloridas numa cerimônia de casamento.

Arremesso a bola, outra vez.

— Não vamos atrás da origem da palavra maracatu, muitos se perderam nessa viagem. Basta saber que os escravos negros se rebelavam nos engenhos de Pernambuco, fugiam para os quilombos, caía a produção de açúcar. E se inventassem um jeito de acabar com as fugas? Que jeito? Eleger um rei e uma rainha de negros, uma corte de duques, condes e barões, parecida com a dos europeus. Os brancos manipuladores coroariam os negros na igreja de Nossa Senhora do Rosário dos Homens Pretos, frequentada apenas pelos escravos.

Acho que me saí bem, o inglês entende de realeza e deseja ouvir o discurso de um intelectual falando da cultura negra como um jogo inventado pelos colonizadores. Ataco:

— As rainhas de maracatu possuem tanta majestade quanto a Elizabeth de vocês.

Por alguns minutos, sinto voarem do bolso as libras do meu pagamento. Toda a equipe estremece.

— Seria um reinado a cada dois anos, de pura fantasia. Os donos de engenho desejavam segurar os escravos no trabalho, aplicar a velha fórmula romana do pão e circo, garapa de cana e brincadeira. A corte desfilava pelas ruas, as coroas de latão brilhando nas cabeças, rei e rainha debaixo de um pálio, tambores fazendo festa.

Princesa Dona Emília
para onde vai?
— *Vou passear.*

— Tereza, não vá!

Emendo a loa na história, nunca soube o que significa saramoná, preciso apenas escrever um roteiro básico, criar tensões nos cinquenta minutos de filme e garantir minhas libras. Ignoro quantos anos durou a artimanha dos brancos e se diminuíram as fugas dos escravos com a invenção dos Reis de Congo. Mas sei que os maracatus se proclamaram nações: Nação Porto Rico, Nação Cambinda Estrela, Nação Elefante, Nação Cruzeiro do Forte. Proliferaram as reminiscências tribais e religiosas em meio à brincadeira.

Repito ao gringo a história a partir da qual poderemos criar nosso roteiro de filmagem: Dona Emília do maracatu Elefante, a última rainha coroada dentro de igreja no Recife, fazia aniversário. Convidou todo mundo, menos Tereza, rainha do Indiano. As duas rivalizavam em charme e prestígio. Mas o bispo proibira que Tereza fosse coroada como nos velhos tempos, no altar barroco de Nossa Senhora do Rosário dos Homens Pretos.

— Consegue compreender? — pergunto ao inglês.

Ele acha que o melhor para o filme é vencer a resistência da Igreja católica e fazer a coroação nos moldes antigos. Apela aos poderes da BBC, ao Vaticano, ao arcebispado do Recife.

— Não existem mais escravos. Os tempos mudaram. A Igreja já não vive atrelada ao poder do Estado. Pra que tapear? Deixem os negrinhos se coroarem nos terreiros deles. Dentro da Casa de Deus não permito essas palhaçadas. Nem autorizo os padres a se fazerem de palhaços — esbravejou o rabugento arcebispo.

Com esse anátema semelhante a uma excomunhão, os padres se negavam a repetir o que sempre fizeram nos tempos em que namoravam os poderosos da cana-de-açúcar. Apenas Emília poderia coroar a sucessora, outorgando a majestade de rainha para rainha. Tereza sabia disso, e se mordia de raiva. Maracatu se transformara em brincadeira de carnaval, mas crescia nos terreiros dos orixás, onde se cultuavam as religiões africanas. Rainha e rei eram quase sempre mãe e pai de santo.

— Tereza, não vá!
— Vou!

Além de rainha de carnaval, Tereza era ialorixá, filha de Ogum. Consultou Ifá e Ele mandou que fosse. Da Bomba do Hemetério avistou a casa de Emília. No começo, as duas brincavam no mesmo maracatu. Tereza desfilou como dama do paço e depois baronesa. Quis ser dona da própria nação. Buscou mãe de santo, se fez nos orixás, guardou quarto e por fim abriu seu terreiro. Quando morreu a rainha do Indiano, foi chamada para ocupar o posto. Sabia mexer os quadris e os ombros numa dança contida, de poucos movimentos, com reservas de gente nobre. Também dava ordens, gostava de paparicado e adulação. Em pouco tempo, sentia-se rainha, pois realeza de negro também está no sangue.

Só temia inveja. A cada saída do Indiano ofertava presentes a Ogum: carne verde, a cabeça de um boi, um galo e uma galinha-d'angola. Pedia proteção. Bastava um mau-olhado pra derrubá-la na cama. Nem parecia a filha de um orixá do ferro e da guerra, das lutas e embates. Era vulnerável como a aroeira de culto que plantara na frente de casa, que murchava as folhas aos menores motivos.

Tereza chamou as mães pequenas pra se aconselhar. Emília estava velha, podia morrer qualquer dia. Se Tereza não fosse coroada por ela, ficaria sem título, rainha de embuste, farsante a quem os padres negavam uma bênção e o rito apressado de enfiar uma coroa no meio da cabeça.

Arrumada debaixo do pálio vermelho de franjas douradas, segurava o cetro e pensava no reboliço lá embaixo, na casa de Emília. O rei de sua corte indiana recusara-se a acompanhá-la. Tinha medo de briga e não faltava ao trabalho na oficina mecânica.

Desceu o morro sem marido, solteira como Elizabeth Primeira, a amante de um pirata.

— Tereza, não vá!

Os ingleses da BBC marcaram visita. Filmaram Tereza cercada pela corte, no salão nobre onde ela dava festas aos santos, nos dias de culto. Abriu precedente aos cinegrafistas, pois filmagem era coisa de carnaval e o seu terreiro, lugar sagrado.

O batuque explodia os tímpanos britânicos. Num quarto escuro, o altar-peji que as câmeras não podiam bisbilhotar guardava os símbolos sagrados de Ogum: foice, cavador, pá, enxada, lança, malho, espada, punhal, arco, flecha, facão, bacia esmaltada, quartinha vermelha e seis pratos.

Os tambores calaram os ingleses assim que eles entraram na sala.

— Tereza, não vá!

O calor não dá trégua, o suor escorre dos corpos. Abrindo o cortejo, um brincante sustenta o estandarte acima das cabeças. Nos passos dele segue a corte enfileirada. Protegida do sol forte sob um pálio vermelho, a rainha segura o cetro com firmeza; por último, os batuqueiros e seus instrumentos musicais: zabumbas, caixa de guerra, tarol e gonguê.

Descem a ladeira sem perder o passo de dança e chegam em frente à casa da nação Elefante. Tereza ordena que puxem a toada do Indiano e envia um emissário à Rainha Emília. Pede para ser recebida. Silêncio e espera. O emissário retorna acompanhado de um pajem, com o estandarte do Elefante. As duas bandeiras se cruzam no alto, em sinal de cumprimento. Tereza pisa o terreno da rainha rival, temerosa de sua ousadia. As nações se misturam e Emília convida Tereza a sentar à sua direita, sorrindo para ela. Talvez lembre o tempo em que dançavam juntas, defendendo as cores do mesmo maracatu. Emília presume o que trouxe Tereza à sua festa e o que ela deseja pedir. Mesmo assim pergunta:

— Você sabe onde se coroa uma rainha?

— Na igreja do Rosário dos Pretos.

— Não é mais. Fomos corridos de lá.

— E onde é agora?

— Aqui mesmo, neste salão onde reino. Basta que você queira.

— Eu quero.

Emília sorri da pressa da mulher rival.

— Venha me visitar uma tarde dessas. Vou coroar você.

O resto da conversa não se escutou. Os batuqueiros decidiram tocar juntos, abafando as vozes de Emília e Tereza, que nunca mais se encontraram. A majestade do Elefante morreu poucos dias depois do memorável encontro. Nos filmes e retratos em preto e branco ainda se guardam lembranças de Emília, rainha coroada dos maracatus pernambucanos. A última.

Urubus no viaduto

Sete nós na camisa e o pai-nosso resmungado de trás para frente. Era esse o conjuro dos catimbozeiros de minha terra para mudar de signo, se tornar diferente, melhor ou pior. Só isso. Nada de coração de bode preto, língua de víbora, cabeça de codorna, miolo de asno, fava-moura, pedra-ímã, flor de hidra, corda de enforcado, unha de cobra, sombra de mulher menstruada. Apenas os sete nós na camisa, um espojadouro de cavalo e a encruzilhada em lua cheia, na meia-noite de uma quinta para sexta-feira. Arre! Cuspo de raiva! Fiz pior que tudo isso. Arribei-me do meu mundo distante, saí à cata de outro destino. E no que deu? Nisto. Uma cidade grande, uma rua, uma esquina, um viaduto, caixas de papelão, sacos plásticos e a mesma fome me roendo por dentro.

Dei os sete nós na camisa e vesti pelo avesso. Cumpri o que ensinaram para reverter a sina ruim. E agora, que sou eu? Dolorida. E esse homem morto aos meus pés? Um homem. Uma carniça que os urubus estão doidos para comer, mas não comem porque não deixo. Eu, Dolorida. Esse é meu nome, mesmo. Parece nome de gente? Não, mas é o que carrego desde que nasci, para me dolorir bem muito.

Xô, desgraça! Xô! Xô! Só porque o meu velho era um bêbado e vivia caído pela rua, pensam que vão levar? Levam não! Nem o corpo e nem a alma. O Diabo que experimente. Ninguém me passa a perna. Ele não prestava, nunca prestou, mas é meu. Podre do jeito que está é a única coisa que tenho. Xô! Vão agourar a mãe.

Ah, memória fraca e perdida. Esqueci tudo. Desde hoje tento me lembrar de uma reza. Queria rezar para meu morto. Eu sabia tantas. Na minha terra se rezava para tudo: para chover, para caírem os dentes, para nascerem outros, para tirar olhado de menino, para espinhela caída e carne trilhada. Meu Deus, até para casar! Como rezei para casar com esse homem.

Meu São Roque
aqui estou aos vossos pés
sem me rir e sem chorar
a vós pedindo que me dês
um noivo para casar.

Meu São Roque, faz tanto tempo e era tão longe. Ainda existe aquele lugar? Um povoado com nove casas, ou dez, ou onze, nem me lembro mais. Mergulhamos no esquecimento e, quando acordamos, o Diabo aparece e carrega a gente. Mas esse ele ainda não carregou. Só se me levar junto. Meu velho não valia nada, não dizia coisa com coisa. Desde que viemos embora e nos perdemos nesse mundo grande de cidade, ele se apalermou. Meu São Roque, por que você não disse pra gente não vir? Agora tudo é longe, ficou escuro sem ser noite. E o morto aqui ao lado marca meu tempo. O que foi que eu deixei de ver?

Um dia, olhando pela janela vi passar um homem cheio de feridas. O que é isso tão feio, ninguém falou a mim que existia? É a doença, responderam. Numa tarde, olhei de novo pela janela e vi uma mulher se arrastando, enrugada como estou agora. Disseram que era a velhice. Não é possível que ainda falte conhecer coisa pior.

Não! Xô! Não levam meu velho que eu não deixo.

Conheci a morte. Este homem caído aos meus pés está morto. Morto, mesmo. Duro, amarelo, frio, sem respirar. Quando São Roque me deu ele em casamento, não me disse que íamos ficar velhos, doentes, miseráveis e, por cima de tudo, morrer.

Se eu não viesse embora pra cidade, será que ele teria morrido? Teria, sim. Os de lá também morrem. Mas, pelo menos, aparece um conhecido, uma vizinha que ajuda a encomendar o corpo e a rezar bonito. Aqui, estou sozinha. Sozinha com ele, que não valia nada, mas era meu marido, o único bem que me restou.

Uma incelência...

Se passa alguma pessoa e escuta, acha que eu estou doida. Cantar para um morto... Só na minha terra. Lá, as pessoas adoecem e morrem em casa. Aqui, vão morrer nos hospitais.

Uma incelência...

Eu cantava a noite toda. Até pra vestir o defunto, peça por peça.

Arrecebe pecador
a derradeira camisa
os anjos tão te esperando
pra levar pro paraíso.

E vestia a calça, as meias, a camisa... Meu Deus, não tenho nada para vestir no meu homem! Só posso cantar.

Uma incelência da Virgem da Conceição
ai que dor, minha mãe
ai que dor no coração
ai que dor, minha mãe...

Duas incelências...

Era assim mesmo. Tinha outra, mas não recordo direito. Será que perdi meu resto de memória? Não possuo nada, mas pelo menos guardo as lembranças. Como era a outra? Cantei muitas vezes quando mamãe morreu. Lembrei:

Uma incelência
da estrela madona
galho de alecrim
rosa manjerona...

Escute, meu velho, enquanto as mulheres rezavam na sala pro morto, os homens bebiam cachaça no terreiro. Quando morria um menino, a gente levava pra enterrar e ganhava doce, bolo e ponche de laranja. Parecia que o povo se alegrava porque um anjinho subia ao céu.

Está ouvindo, meu velho? Se você fosse um anjinho eu fazia uma mortalha de cetim branco, colocava você num caixãozinho azul e enterrava bem alegre. E quando chegasse a noite, olhava o céu, procurava uma estrelinha e dizia: lá está ele piscando os olhinhos de anjo pra mim. Não é, meu anjinho papudo? Todo anjinho vai pro céu, mas os velhos como eu e você podemos queimar no inferno ou no purgatório. Como se não bastasse o que já padecemos na terra. E se formos pro céu, ainda temos de passar no purgatório e vomitar o leite que mamamos. Minha mãe falava e eu lembrei agora. Tinha esquecido. Sinto um arrepio só de lembrar. Não sei se é bom, se é ruim. Sei que estou lembrando.

Você morreu, eu estou viva, nós restamos sozinhos. Ou será o contrário? Sou eu que estou dormindo? Daqui a pouco chega um Anjo ou o Diabo pra levar você. Mas ninguém leva. Xô! Xô! O Anjo São Miguel vinha buscar as almas boas. O Diabo carregava as almas ruins. Bastava eu fechar os olhos pra ver o Satanás. As mulheres cantavam, os homens bebiam cachaça, o defunto não se mexia na cama. Os meninos se agarravam às saias das mães, com medo de assombração. O vento apagava as lamparinas e o Diabo entrava de mansinho. Era preto, vestia paletó branco e arregalava os olhos vermelhos. Xô! Daqui você não leva nada! Xô! Dolorida, não deixa.

Catana

O mundo cheira a talco ordinário, a bosta e mijo secando debaixo do sol quente de fevereiro, nos becos estreitos da cidade enlouquecida. Ecos desse carnaval chegam às emergências dos hospitais com os sobreviventes bêbados e feridos: de ambulância, nos camburões da polícia, a pé, se arrastando. São bacantes do deus trácio mestiçados no Recife. Na cola suarenta dos corpos resistem confetes; nas bocas, um bafo pestilento de álcool e cebola frita. Egressos de ruas e praças, encharcados de frevo e chuva fora de época, eles nem percebem os jardins circundando o hospital, as flores apagadas na noite escura. Entram no mundo de lâmpadas fluorescentes, percorrem corredores e salas onde médicos e enfermeiras se agitam possessos de Asclépio, um deus avesso à folia. Odores nauseantes impregnam paredes e móveis, cronificam-se como as doenças incuráveis. Nenhum aroma de jasmim atravessa as portas envidraçadas. Entre as macas, enfileiradas como nas praças de guerra, os anjos de roupa branca suja caem pelas tabelas.

— Quem vai para a UTI, doutor?
— Esse aqui tem mais chances.
— Reanimo o velho do boxe três, se ele parar?
— Aquele, não. Deixe morrer.
— Subo a penetrante de abdome para o bloco?
— Suba.

O primeiro cirurgião se escova com esmero. Desde menino não consegue se livrar da sujeira acumulada nas unhas. Trabalha no limite do cansaço, pois além dos procedimentos clínicos e cirúrgicos, ainda delibera sobre a vida e a morte dos pacientes. Faltam apenas duas horas para acabar o plantão, quando dá entrada um rapaz, trazido pela polícia. Tiros no abdome. Enquanto o socorriam, teve uma parada cardíaca, mas conseguiram reanimá-lo. A equipe não se motiva a tratar marginais com ficha de estupro, assassinato, roubo e tráfico, e este possui todos os requisitos de um bandido completo.

As chances de salvá-lo são mínimas, a qualquer momento poderá sofrer nova parada cardíaca. O primeiro cirurgião sente raiva dos policiais que atiram para matar e depois socorrem a vítima. A cada plantão experimenta o doloroso impasse de restituir a vida a um assassino, mal conseguindo disfarçar o desejo de que os bandidos não sobrevivam.

— Duas horas a mais e o abacaxi ficaria para a outra equipe descascar — queixa-se à anestesista.

Pensa nos mil acasos que poderiam tê-lo livrado desse esforço excedente. Mas tudo funcionou bem, como sempre acontece com os pacientes que ele preferia ver mortos: não faltaram cânulas adequadas, a enfermeira-chefe acabara de repor os medicamentos da mala de emergência, no banco de sangue havia reserva de concentrado de hemácias. Sorte para o bandido, azar para o primeiro cirurgião. Em duas horas a equipe do domingo chegaria para rendê-lo. Teria tempo de passar em casa, tomar um banho e apanhar a filha com a ex-esposa. Separado há pouco mais de um ano, programara um passeio na reserva florestal da cidade, uns poucos hectares de mata atlântica sobrevivendo em meio às favelas e à especulação imobiliária.

O segundo cirurgião mal adormecera quando foi chamado novamente ao bloco cirúrgico. Deitado numa sala de repouso, a televisão ligada, a luz acesa no rosto, demorou a situar-se no espaço. Operara três pacientes durante o plantão e o chefe ainda pedia que auxiliasse outra cirurgia. Reclamou. Não tinha condições físicas, ganhava uma miséria, queriam matá-lo. Acordassem o diretor do hospital. Carnaval só dava em sobrecarga de trabalho.

Falava metendo os pés nos sapatos, arrumando o jaleco sujo. Saiu no corredor transformado em enfermaria, onde macas e pacientes se amontoavam.

— O que é? — interrogou o maqueiro que veio chamá-lo.

— Uma penetrante.

— Bandido?

— Não sei.

Sabia. Fora instruído a não revelar nada.

Enquanto se lavava, o primeiro cirurgião mexia as pernas. Pesavam como chumbo. Olhou para cima, num gesto automatizado, costume de quando era menino.

— Você pensa que o céu é perto? — brincava a mãe.

Parecia bem próximo, na serra onde nasceu e viveu boa parte da infância e adolescência.

— Por que não constroem blocos cirúrgicos com teto solar? — perguntou à circulante de sala, uma moça evangélica, triste e compenetrada. — A gente descansava os olhos, contemplando o céu.

— O doutor tem cada ideia.

O segundo cirurgião empurrou a porta com raiva. O rosto sebento, a barba por fazer, a imagem do desleixo. Pisava os sapatos sem calçá-los de todo.

— Você acaba comigo!

— Eu, não. O secretário de Saúde, que não contrata médicos.

— Não dormi nada.

— E eu, nem sentei.

O segundo cirurgião passou água no rosto e enxugou--o em papel toalha. Sentou num banco giratório de alumínio, bocejou se espreguiçando e fechou os olhos.

— Se apresse que o paciente já está na sala.

— O que é?

— Bala.

Pulou do banco, como se o tivessem alvejado.

— É bandido!? Você sabe que eu não entro pra salvar esses caras.

O primeiro cirurgião olhou para cima.

— Tem de ser você. Não tenho com quem operar.

O segundo cirurgião se aproximou do lavatório.

— Deixa morrer!

O primeiro cirurgião respirou fundo. Enchia o peito de paciência, pois conhecia a história infeliz do colega mais jovem. O pai também respirava assim, como se fosse engolir todo o ar da serra. A mãe ria, achava o marido semelhante a um cavalo, depois do galope.

— Eu faço tudo pra livrar você desses casos.

— Às vezes acho que é uma provação.

— Deixe de trabalhar em Emergência, já disse.

— E vou trabalhar onde?

— Em qualquer outro lugar.

O segundo cirurgião apanhou uma escova e abriu a torneira do antisséptico.

A anestesista avisou que o paciente estava quase pronto. Trabalhava apressada, mal disfarçando um leve tremor nas mãos. Tinha um encontro de casais na paróquia do bairro e o marido chegaria às sete horas para buscá-la. Verificava no monitor os batimentos cardíacos, media a pressão arterial e aplicava remédios. Escutou a história do bandido e soube que era traficante. O filho de vinte e um anos saíra de casa, fazia uma semana, quando ela e o marido o surpreenderam fumando maconha, o que todos os amigos achavam normal para a idade e os tempos atuais. Ela e o marido não pensavam assim e a convivência na família se tornara um inferno. Sem conter a ansiedade, apanhou um lençol e armou a tenda cirúrgica, espécie de cortinado resguardando o rosto do paciente.

O corpo estendido sobre a mesa parecia insignificante: as pernas finas, os braços sem musculatura saliente, a boca aberta pela cânula do respirador, mostrando dentes podres. A instrumentadora cirúrgica contemplava indiferente o algoz de tantos infortúnios, arrumando seus apetrechos. Sentia cansaço e raiva porque chegaria atrasada ao plantão do hospital particular. Descontariam o atraso no salário irrisório que lhe pagavam. Confirmou a hora, pensou em ligar para casa, mas achou cedo. Sempre que a escalavam no sábado, o marido largava a filha pequena com a empregada e caía na farra com os amigos.

O primeiro cirurgião levantou mais uma vez a cabeça para o alto, buscando uma imagem de Jesus Crucificado, pregada na parede de um hospital de interior, onde trabalhara nos primeiros anos depois de formado. Pedia socorro. Sentia-se sozinho e sem amparo. Mas a sala atual pertencia a um complexo cirúrgico moderno, de paredes cuidadosamente pintadas, sem qualquer objeto que ferisse as normas de controle de infecção hospitalar. Na falta de um socorro celeste, decidiu começar a cirurgia sozinho.

— Podemos? — perguntou à equipe.

A anestesista respondeu que sim. Consultou o relógio, analisando se chegaria a tempo na reunião da paróquia, lembrou do filho, sentiu um amargo na boca e ânsia de vômito. Evitava encarar, mesmo de relance, o rosto adormecido pelas drogas anestésicas, o corpo entregue.

Quando o médico auxiliar entrou com bastante atraso, o campo operatório já ficara pronto, deixando à mostra apenas a barriga raspada do paciente.

— Deviam construir blocos cirúrgicos com teto solar — brincou o primeiro cirurgião.

— Você e a mania de olhar para o céu — rebateu o segundo cirurgião, que tinha a barba por fazer. Levantara com um sentimento de morte.

— Eu nasci no topo de uma serra. No inverno, as nuvens passavam por dentro de minha casa.

— Já sei; vai dizer: qualquer dia largo tudo isso e volto pra lá.

O primeiro cirurgião convencera-se de que não voltava. Cidade grande vicia. Com os anos, fica mais difícil retornar às origens. Criam-se necessidades: os congressos, os cursos, o acesso à cultura.

— Os colegas que foram para o interior são mais felizes.

Pensou melhor: muitos se tornaram alcoólatras. Continuavam casados com as mesmas mulheres, mas enchiam a cara para suportar o tédio. Ele separou-se. O casamento durou oito anos. Envergonhava-se da festa para seiscentos convidados e um final tão breve. Três plantões por semana, o consultório e a chefia de um serviço médico estragaram a relação. Morava nos hospitais, nunca via a filha e a esposa. A mulher também era médica: pediatra. O mesmo tanto de empregos e plantões. Os dois competiam, mas ele sempre ganhou mais dinheiro. Comprou um apartamento de quatro quartos, com cinco garagens, playground e piscina. Nunca deu um mergulho. Não tinha tempo.

— Ainda largo tudo — falou alto, como se estivessem acompanhando seus pensamentos.

— Você? Você é viciado em medicina. Pior que maconheiro.

A anestesista estremeceu.

— Maconha dá tontura? — perguntou o primeiro cirurgião.

— Vai perguntar a mim? Eu nunca fumei. Você nasceu perto das plantações, deve ter experimentado.

— Esse bandido fumava — brincou com o colega, esquecendo suas feridas.

— Não enche, pois deixo você operando sozinho! Estou aqui me segurando pra não olhar a cara do safado.

As mãos do segundo cirurgião tremeram e ele furou a luva num instrumento.

— Porra! E ainda por cima me contamino! Esse marginal deve ser aidético! Me dê outras luvas, minha filha! Depressa! — pediu à circulante de sala.

A instrumentadora cirúrgica lembrou o marido. Suspeitava que dormisse com um dos amigos. Tinha medo de se contaminar. E se ele não usasse camisinha?

"Será que esse bandido também é maconheiro como meu filho?", perguntou-se a anestesista. Se a cirurgia demorasse além do tempo previsto, chegaria atrasada ao encontro de casais em Cristo, do movimento carismático.

O segundo cirurgião mergulhou de volta nas sombras. Já não enxergava nada à sua frente. Desejava acabar logo, chegar em casa e dormir. Devia ter abandonado a profissão no dia seguinte à tragédia. Ingressaria na polícia. Assim teria direito a matar todos os bandidos. Mas estava preso a um juramento, a uma ética que o obrigava a salvar sempre, em qualquer circunstância. Sentiu o impulso de transpor os limites da tenda cirúrgica, derrubar os panos verdes que o separavam do rosto do paciente. E se fosse o bandido que destruiu sua vida? Conhecia os sinais do seu corpo. Todos. Nos minutos em que ele praticou a torpeza contra a mulher que amava, o primeiro cirurgião olhou-o com tamanho ódio que seria impossível esquecê-lo.

— Nunca mais bebo água de coco — falou ao acaso.

— O que você disse? — perguntou o primeiro cirurgião.

— Nada. Esqueça!

— Desta água eu não bebo — repetia no torpor do sono, as mãos se movendo entre vísceras, chafurdando na dor da violência.

Fora jogado dentro da mala do carro, a namorada no banco traseiro.

— Nunca mais bebo água de coco, na praia de Boa Viagem.

Os bandidos chegaram por detrás, os revólveres apontados para eles. A namorada aconchegou-se ao seu corpo, implorando socorro, mas a arrancaram com fúria. Da mala escutava os gemidos dela e os gritos enlouquecidos dos três marginais.

— Acorda, homem! Você vai cair dentro do campo! — alertou o primeiro cirurgião.

— Desculpe. Estou morto!

— Daqui a pouco eu libero você. Os rendeiros estão chegando.

A anestesista consultava o relógio, a cada minuto. Tinha sob os cuidados uma pessoa que alimentava o vício do filho. Uma vez desejara que fossem eliminados todos os traficantes do mundo, sumariamente, sem julgamento. Assim, o filho se livraria da maconha. E se ela mesma começasse a faxina? Bastavam duas ampolas de cloreto de potássio na veia do traficante e todos imaginariam que ele sofrera mais uma parada cardíaca. A polícia nem suspeitaria de um crime. Só Deus.

— Só Deus! — gemeu alto, passando a língua no aparelho dentário que distorcia sua voz e lhe dava um aspecto imbecil de adolescente.

A instrumentadora perguntou as horas. Era possível que o marido não tivesse chegado. Temeu pela segurança da filha. Pensou em morar com a mãe, mas não queria perder a casa, os móveis, quase tudo comprado com o seu dinheiro.

O primeiro cirurgião olhou para cima, no gesto habitual.

— Não sei por que não constroem blocos cirúrgicos com teto solar. A gente podia ver o dia amanhecendo.

Ninguém comentou a proposta. Sentiam-se cansados e sem esperanças.

— Meu pai completou setenta e nove anos, acorda às três horas da manhã, nunca adoece, nem toma remédios. Sempre morou na serra, mas pensou fazer um bem me botando pra estudar medicina aqui no Recife.

— Eu queria ser policial, pra matar sem remorso — comentou o segundo cirurgião, a barba por fazer.

— Quem disse que policial não sente remorso?

A anestesista lembrava o filho dormindo numa granja suspeita, na companhia dos amigos roqueiros.

— Todo rapaz que escuta rock fuma maconha?

— Quem gosta de forró também pode fumar um baseado — brincou o primeiro cirurgião.

— Na minha igreja...

Calou-se.

A instrumentadora resolveu faltar ao plantão no outro hospital e ir para casa.

A circulante de sala repunha compressa e gazes sobre a mesa do instrumental e a enfermeira-chefe escrevia o relatório de ocorrências.

O segundo cirurgião moveu-se de lado, querendo ver o rosto do paciente.

Dois bandidos seguravam seus braços, o magricela em cima da namorada. O magricela se aproximava dele, excitado, uma tatuagem horrível subindo do ombro direito pelo pescoço, a morte com uma foice. No peito esquerdo uma índia apache. Reconheceria essas marcas até no inferno. E faria o quê? Percorria os boxes das emergências, atrás do inimigo. Um dia o magricela estaria em suas mãos, entregue a ele. Nunca mais conseguiu tocar o corpo de uma mulher, nem mesmo depois de casado. Rememorava a cena de horror e o sexo lhe parecia carregado de violência e morte.

— Eu mato! — gritou.

A cabeça latejava, o suor escorria tão abundante que poderia contaminar a ferida aberta. Observou o colega, concentrado em suturar uma alça intestinal. E se recuasse no seu ódio, se esquecesse tudo? Ainda teria chance?

— Esse bandido possui algum sinal particular? — perguntou tão baixo que só foi ouvido pelo primeiro cirurgião.

— Não! Ele é bandido como todos os outros.

O segundo cirurgião queria saber mais:

— Vale a pena...?

— Imagino o que deseja saber e respondo que não vale.

— Ora, porra! Você, agora, adivinha?

— Adivinho.

O primeiro cirurgião lembrou da mãe. Ela sempre adivinhava seus pensamentos. Fugiu ao alcance dos olhos inquisidores, abandonou a igreja, as missas, as rezas, tudo o que o esmagava com catolicismo e compaixão. Às vezes sentia falta do confessionário, de ser absolvido das culpas. Quando era menino e comungava, um véu de inocência e alegria baixava sobre ele. Agora, vivia só para a medicina. Cultuava a ciência, a técnica, o brilho. A façanha de uma grande cirurgia importava mais que a vida do paciente, constatou envergonhado.

— Os sinais vitais estão bem? — perguntou à anestesista.

— Estão.

— Se fosse um pai de família honesto, ele teria morrido.

O segundo cirurgião afastou-se do campo, evitando olhar o rosto desconhecido.

— Eu acredito que os rendeiros chegaram. Posso descer e pedir pra me substituírem?

— Não precisa. Eu termino sozinho.

— Então, vou embora. Bom carnaval pra vocês!

Já ia saindo quando foi chamado.

— Você não quer um mês de férias?

— Quem fica no meu lugar?

— Eu dou um jeito.

— Sendo assim, quero.

— Vá com sua mulher lá pra serra de meu pai.

— Você é doido? Se eu ficar três dias no mato, enlouqueço. Vou à praia.

O segundo cirurgião, Olímpio, transpôs a porta da sala. Antes de abandonar o centro cirúrgico, parou um instante. Deixara de examinar um bandido que esteve junto dele, sob os seus cuidados. Olhava a porta fechada à sua frente. Não custava nada conferir. Pediria à colega anestesista que descobrisse o ombro e o peito do rapaz; só isso. As tatuagens são eternas, ninguém consegue removê-las. Bateu a cabeça contra a porta, três, quatro, cinco vezes. Quis chorar. Entrou no banheiro, olhou-se num espelho. O inimigo o estragara por dentro e por fora.

— E se for ele? — perguntou à imagem refletida, um rosto devastado pelo ódio. — Se for ele, eu mato bem devagar, como ele me mata. Abriu a torneira, jogou água fria na cabeça, não se importando em molhar o resto do corpo. Penteou os cabelos com os dedos, olhou-se novamente.

— Meu amigo, sua chance é agora.

Deixou o banheiro para trás, o corredor, o centro cirúrgico. Do lado de fora, dois policiais montavam guarda. Olímpio se aproximou, contemplou-os sorrindo, e antes que pudessem perguntar o que ele desejava, gritou como um louco.

Os homens não compreenderam nada, mas Olímpio sabia o que falava. Desceu os quatro andares pelas escadas, aos pulos. Apanhou a chave do carro, a maleta, e nem trocou de roupa.

Marcelo, o primeiro cirurgião, completava a sutura operatória quando o telefone da anestesista tocou. Denise afastou-se para um canto e durante longo tempo falou através de monossílabos, chorando baixinho, de costas para a equipe.

Marcelo preocupava-se com o seguimento da anestesia.

A instrumentadora Fernanda conferia pinças, tesouras e afastadores, temendo o esquecimento de algum corpo estranho dentro do abdome que Marcelo fechava. Sentia-se distraída, fora do mundo.

Denise retomou o trabalho, os olhos vermelhos, as mãos trêmulas. Verificou a pressão do paciente, os batimentos cardíacos, tudo como prescrevia a rotina.

A enfermeira-chefe Maria do Carmo arranjara uma vaga na UTI.

— Se fosse um trabalhador honesto, não conseguiria escapar — repetiu com amargura o mesmo comentário feito por Marcelo.

As falas soavam dolorosas na sala sem réstias de luz natural, sem uma única lembrança de sol atravessando telhados.

A cirurgia terminou com sucesso. Marcelo arrancou as luvas, despiu a indumentária e retirou-se para a sala dos médicos, caindo numa poltrona. Apesar dos avisos proibindo fumar, acendeu um cigarro. A fumaça buscou saída no cubículo fechado e continuou presa entre as paredes. Um fog cancerígeno.

— Não sei por que não constroem salas com teto solar.

Maria do Carmo não levantava os olhos do livro de ocorrências. Terminado o plantão, havia uma infinidade de papéis a preencher.

— Seria bom olhar uma nesga de céu, você não acha? Vivo trancado, a maior parte do tempo. Esqueço até que o sol existe. Essas luzes fluorescentes fazem mal à saúde.

A enfermeira continuava sem prestar atenção no que Marcelo falava.

— E o ar-condicionado? Já pensou na porcaria de ar que a gente respira?

Soprou a fumaça do cigarro para cima. Riu da própria contradição. Era assim mesmo, não tinha jeito.

— Antes do inverno, meu pai preparava as brocas. Cortavam o mato com foices e depois ateavam fogo. Eu gostava das labaredas, mas tinha pena das árvores que morriam. Só não lamentava as espécies ruins, podiam queimar à vontade.

Solange, a circulante de sala, trouxe mais folhas de papel para serem preenchidas. Marcelo começou pelo laudo cirúrgico. No alto da página estava escrito: Samuel Pereira da Silva.

— Solange, esse rapaz tem nome. A gente só chama ele de bandido.

A moça sorriu.

— Samuel é o nome de um grande profeta. Eu lia a História Sagrada, quando era menino.

Continuou escrevendo. Parecia contente com a descoberta.

— Solange, você é evangélica?

— Sou.

— O que significa Samuel?

Ela não gostava que zombassem de sua religião.

— Diga, Solange. Eu me interesso em saber.

— Significa: eu o pedi a Deus.

Marcelo suspendeu a escrita.

— Quer dizer que esse marginal também foi pedido a Deus?

— Se ele veio pra terra foi porque Deus achou que era preciso.

— Desculpe, mas eu discordo. As ervas daninhas devem arder no fogo. Nada justifica a existência de traficantes e terroristas.

A moça não teve coragem de contestar; pediu licença e deixou a sala. Marcelo escrevia ligeiro. Tinha de passar o plantão, antes de ir embora.

Estava saindo quando lembrou do telefone celular. Voltou à sala de cirurgia com o sentimento de que estragara o domingo. As enfermeiras arrumavam o paciente nu, antes de o levarem à unidade de terapia intensiva. Olhou-o de relance, sem vontade. A auxiliar perguntou sobre um procedimento qualquer, obrigando-o a virar-se e chegar perto do rapaz estendido sobre a maca. Parecia vê-lo pela primeira vez. Agira como um sonâmbulo, nas últimas horas. Recordou o nome: Samuel.

— Tua mãe te pediu a Deus — sussurrou baixinho.

Só agora reparava num desenho estranho, subindo do ombro para o pescoço. Aproximou-se. A figura feminina da morte, sustentando uma foice, oscilava aos movimentos do respirador. O desenhista conseguira dar a impressão de que a foice decapitava o pescoço fino do bandido. Marcelo sentiu um calafrio. A imagem evocava seus terrores infantis, uma estampa de confessionário, a morte arrastando uma alma pecadora. Examinou mais de perto a tatuagem. Quis tocá-la, porém sentiu escrúpulos em fazê-lo. Tudo naquele paciente provocava repulsa. Buscou uma palavra na lembrança.

— Catana! — gritou.

— O que foi, doutor? — perguntou uma auxiliar.

— Nada. Desculpe! Pensei alto.

Reconheceu Catana, a Senhora da Morte. Ninguém resistia ao seu chamado. Falava bonito, parecia cantar. Provocava sonolência, um torpor paralisante como o que experimentava agora, contemplando-a no seu ofício. Mulher e foice confundiam-se; as duas, uma só. O peito oscilava, animando a figura pintada nas cores vermelho, azul e preto. Marcelo nem reparou num outro desenho, uma índia apache. Não despregava os olhos da imagem faceira, dançando com movimentos precisos, girando o instrumento mortal. O pescoço do magricela, haste de capim, seria decepado a qualquer momento. Ele também sufocava, a boca sem saliva, a garganta tapando.

— Vou morrer! — falou apavorado.

— O senhor deseja alguma coisa? Nós vamos levar o paciente.

Percebeu onde estava. A sala na desarrumação de fim de cirurgia, o foco ainda aceso, cenário desmontado de uma peça em que interpretara o papel principal. Sentiu alívio ao reconhecer a prisão. No dia seguinte estaria de volta.

A moça insistia:

— Alguma coisa, doutor?

— Não! — respondeu envergonhado. — Estava conferindo a respiração do paciente. Desculpem se atrasei vocês.

Saiu ligeiro. Cruzou com Solange e ela desejou-lhe um bom domingo. Ligou para a filha; continuava esperando por ele. Acendeu mais um cigarro. Visitariam a reserva florestal, antes que as árvores queimassem de vez.

Toyotas vermelhas e azuis

No silêncio do velório, Eduardo leu em voz alta um papel encontrado entre muitos outros que o vento espalhava pela casa. Articulou as sílabas com uma impostação fácil de reconhecer nos discípulos da Escola Lacaniana do Recife, um som parecido com o francês de Edith Piaf.

— "A escrita resiste à morte e as letras são seus significantes."

Os "erres" enganchavam na garganta e, quando conseguiam projetar-se para fora, soavam artificiais e provincianos.

Eduardo perguntou a Sílvia se ela escrevera a frase brilhante.

— É óbvio que não. Isso é coisa de Rodolfo.

— E ele era feliz com a psicanálise?

Sílvia não respondeu à pergunta cretina. Ainda nem se acostumara com o dólmen plantado no meio da sala de casa, um morto real demais para ser negado. Rodolfo se deitara numa rede depois do almoço e nunca mais se levantaria dela, nem repartiria com os discípulos as paródias lacanianas que costumava escrever.

Não foi Sílvia quem o encontrou. Ela só conseguira adormecer por volta das seis da manhã, envolta na neblina de um ansiolítico, um barbitúrico e um antidepressivo, engolidos sem o menor controle. Às três da tarde continuava entregue à morte transitória, enquanto o marido, corajoso e radical, afundava no sono sem retorno.

— E esse aforismo, me diga o que acha dele: "Falando eu aprendi a escutar e gostei desse papel de escutador."

Fazia menos de uma hora que Sílvia entrara na ordem de silêncio que se segue à viuvez, e todos esperavam que ela agisse, falasse, tomasse providências. Entorpecida e suspensa acima do chão da casa, um edifício construído em trinta e cinco anos de casamento, avançou sobre Eduardo e arrancou as folhas de papel de suas mãos.

— Você nem sabe o que é aforismo.

— Ficou doida, Sílvia?

Sem saber que rumo tomar em meio ao caos, ela pegou um livro aberto nos joelhos do falecido e arremessou-o contra a parede pintada de cal virgem. Tratava-se de um seminário de Jacques Lacan, mas não continuava na mesma página em que o morto deixara, pois soprava um vento morno de fevereiro e as páginas dançavam de um lado para o outro da brochura. O vento também arrastava para longe os papéis escritos em caligrafia elegante, os mesmos rascunhos que Eduardo apanhara e lera, sem nenhuma compaixão por Sílvia.

— "A morte é silêncio."

— Dane-se!

— "A morte também é"...

— Dane-se!

Sílvia gritou sem ligar que a escutassem, quase chorando de raiva. Como se não bastasse sua dor, teria de administrar a devoção dos amigos de Rodolfo e de uma centena de mulheres histéricas, a quem ele analisava.

— Deixe, dona Sílvia, eu apanho os papéis.

Francisco se ajoelhou para recolher os rascunhos que a lei da gravidade obrigara a cair, do mesmo jeito que a maçã na cabeça do físico Newton, durante um cochilo debaixo de uma macieira. O empregado guardava os achados num envelope amarelo, sem a curiosidade de ler uma única palavra, indiferente às leis da física e aos matemas lacanianos. Vez por outra erguia os olhos esperando receber uma ordem do patrão, o pedido de que fosse buscar o laptop no escritório ou um copo de limonada na cozinha. Ele próprio amarrara o queixo de Rodolfo com um lenço, evitando que a boca ficasse aberta e entrassem insetos. Em boca fechada não entram moscas. Aprendera a fazer isso com a avó materna, quando ainda morava no agreste, um lugar distante e apagado da lembrança pelo registro de outras imagens, anterior ao filme colorido da cidade grande. A velha senhora exercia o ofício de parteira e prestava o último socorro aos enfermos. Abria os olhos dos recém-nascidos para a vida, e fechava os olhos dos que morriam.

— Francisco, o que mata o homem não é o que lhe entra pela boca, mas o que lhe sai pela boca. Você compreende?

— Não.

Rodolfo dava gargalhadas fortes, assombrosas, na casa de pé-direito alto, um casarão que nunca parava de crescer em novos cômodos, embora a família continuasse com apenas dois membros: marido e esposa.

— Você já ouviu falar em psicanálise?

— Aqui só falam nisso.

As gargalhadas arrancavam Sílvia de seu quarto, da poltrona e do computador. Ocupada com panfletos e mitologia feminista, ela jamais transpunha o legado de Simone de Beauvoir, nem mesmo no modelo de casamento sem filhos.

— Vocês querem parar com a bagunça? Eu não consigo me concentrar no trabalho — reclamava.

— Me diga o que você acha disso, Francisco: "É necessário criar histórias que ocupem o buraco de uma falta nunca preenchida; mesmo que o homem se transforme num mentiroso."

— Foi o senhor quem escreveu?

— Foi.

— Quem sou eu pra achar alguma coisa?

Os olhos de Rodolfo teimavam em se manter abertos, por mais que Francisco tentasse esconder suas pupilas dilatadas, juntando as pálpebras como se fecham as cortinas de um cinema, na última sessão. Ele nunca aprendera uma técnica eficiente para lacrar os olhos abertos ao nada, igualzinho às lentes sem filme de uma câmera. Estava longe o tempo em que acompanhava a avó de casa em casa, despachando agonizantes, mandando-os de volta para o lugar de onde vieram. Que lugar era esse? Ele desconhecia. Nem a avó com o rosário de porcelana de contas azuis e brancas, pendurado na mão direita nas horas de prece, sabia dizer. Nem a avó que o ensinou a amarrar o queixo dos defuntos com um lenço, dando um laço nas pontas, lá no alto da cabeça. Parecia que os olhos do patrão não descansavam de observar o mundo e criticá-lo. Tão arregalados assim, lembravam outros olhos vistos na companhia de seu Rodolfo e dona Sílvia, quando viajaram para o Brejo da Madre de Deus, em Pernambuco. Melhor não pensar nisso agora, por conta da promessa que fora obrigado a fazer.

— Os índios parecem vivos, Sílvia.
— Vivos e sem olhos. Só as órbitas escancaradas.

Sílvia era incapaz de um voo, um devaneio. Mas como não se entregar às fantasias contemplando os homenzinhos, as mulheres e as crianças envoltos em esteiras vegetais e preservados graças à secura do clima agreste? Havia dois mil anos estavam ali. Os homens e as mulheres deitados de lado, como fetos. As crianças em decúbito dorsal, olhando para cima e enxergando a lua e as estrelas no céu infinito, através da camada de terra que as recobria.

Às nove horas, Francisco servira o café do patrão, pois era folga da cozinheira. Acostumara-se a ser um faz-tudo na casa: motorista, jardineiro, encanador, eletricista, faxineiro e secretário. Sílvia nunca acordava antes das duas da tarde. Sofria de uma insônia crônica. Lia, via televisão e perambulava por salas e biblioteca até o dia amanhecer. A única refeição que fazia junto com o marido era o jantar, o que ele não lamentava, pois se sentia à vontade para comer o que bem quisesse, sem ter de ouvir apologia ao baixo valor calórico de verduras, frutas e cereais.

— Posso servir o café?

— Pode, Francisco. Vou olhar o jardim e volto logo.

Olhar o jardim era a expressão exata da verdade. O passeio matinal consistia numa ida ao canil, habitado por dois cães boxer; um giro ao redor da piscina, que jamais era usada; uma conversa com Vanda, a arara-canindé trepada no alto de uma jaqueira. Por último, Rodolfo enchia de comida uma vasilha de barro, para os macacos moradores da pequena floresta que deixara crescer em volta de casa. E só. Não caminhava porque não sentia prazer em fazê-lo, e nunca aceitou se exercitar por ordem médica, apesar das taxas elevadas de gordura no sangue, da hipertensão e da obesidade. Nos últimos meses, sentia dores no peito e achou que não escaparia ao mesmo destino do pai: morrer antes dos sessenta anos.

Francisco recolhia os papéis, ouvindo a conversa entre Sílvia e Vicente, um amigo de Rodolfo. Há tempo ele deixara de frequentar a casa, pois não suportava o mau humor de Sílvia. Foi o primeiro nome lembrado por Francisco, quando o patrão não atendeu seus chamados e reconheceu nos olhos sem brilho a morte que se habituara a distinguir em visitas aos enfermos, na companhia da avó curandeira. Era o único médico em quem Rodolfo confiava e a quem revelou seus receios de morrer com a mesma idade do pai.

Serviu o café modesto: mamão, abacaxi, queijo branco e fatias de pão integral. Mesa farta não se costumava ver na casa de louças caras: um aparelho Limoges como só tinha igual no palácio do governo e um outro, Azul Borrão. Francisco lembrava com saudade as broas de milho, o charque assado, o inhame e a macaxeira abundantes, enchendo até as bordas a cerâmica simples da casa da avó.

— Só tem isso, Francisco?

— Reclame a dona Sílvia. Ela não me deixa fazer feira.

Comeu e em seguida escanchou-se na rede como se fosse uma cadeira: as pernas abertas, os pés no chão para o balanço, a almofada nas costas. Lia e anotava um seminário de Jacques Lacan, pensando em traduzi-lo. Em cima da mesinha de cabeceira, ao lado da rede, o *Finnegans Wake* de Joyce, um artigo de Freud sobre luto e melancolia, e o inseparável Guimarães Rosa. Lia o *Grande sertão: veredas* convencido de que se tratava de um compêndio de psicanálise. Escreveu um longo ensaio sobre a substituição do divã pela rede, pois lhe parecia razoável adaptar aos trópicos o velho mobiliário dos consultórios austríacos. Nenhum paciente aceitou a troca. Tudo continuou do jeito que Freud inventara.

Francisco possuía a mobilidade de um cometa se deslocando em torno do patrão sedentário, que nunca se ocupou de nada além de pensar, escrever e ouvir o discurso de pacientes. Coordenava grupos de estudo, supervisionava os psicanalistas do seu grupo e novamente deitava para ler e escrever.

— "A morte é erótica porque vincula uma pessoa à outra."
— O senhor falou comigo, seu Rodolfo?
— Falei. Você acha que vai desgrudar de mim quando eu morrer?
— Nunca pensei nisso.
— Quando os faraós morriam, enterravam as esposas e os criados junto com eles.
— Ainda bem que o senhor não é faraó.

Mesmo assim, Francisco engatinhava em torno da rede onde o morto sentara pela última vez. Ia e voltava zanzando como abelha na colmeia, reconhecendo a semelhança entre o cheiro silvestre do mel e a carne exalando os primeiros odores da putrefação. Catava os papéis incompreensíveis que jamais leria, escritos num saber alheio à sua existência de empregado doméstico, e guardava-os com sofreguidão. Parecia um Noé salvando vidas do dilúvio: mamíferos, batráquios, aves e répteis. Todas as espécies merecem sobreviver. Os escritos, também.

— "No princípio, quando tudo começou, no começo dos começos, existiu um pai."

— Você não tem o que fazer lá fora, Francisco?
— Tenho, seu Rodolfo.

As repetidas passagens pela sala antes de servir o almoço talvez incomodassem a leitura do patrão. Francisco sentia-se hipnotizado pelos livros, sonhava devassar os segredos escondidos neles. O que Rodolfo procurava dias e noites?

— "Assim, após a morte do pai, sentiram sua falta."

— Você não tem o que fazer, Francisco?
— Tenho sim, dona Sílvia.

Pegou o envelope amarelo e o levou para o quarto. Bebeu água da quartinha, sentou uns minutos na cama e só aí teve consciência de que não descansava desde as cinco horas da manhã, quando foi acordado pela patroa e recebeu ordem de não chamá-la para o almoço. Às seis horas, a única pessoa desperta na casa era ele. Sentia-se invadido por lembranças da cidade onde nascera, retornando uma única vez, desde que viera morar no Rio de Janeiro. A saudade, na forma de um aperto no coração, o acometia sempre que algo ruim ameaçava acontecer.

Rodolfo e Sílvia propuseram a viagem, pois nunca acreditaram na história contada por Francisco de que o Brejo da Madre de Deus já fora um oceano havia milhões de anos, e ainda era possível encontrar fósseis de peixes. Muito menos acreditavam no achado extraordinário revelado por ele: oitenta e três múmias envoltas em esteiras vegetais, descobertas por uma arqueóloga.

— Múmias, Francisco?

— Foi desse jeito que chamaram.

— Em Brejo da Madre de Deus mumificavam pessoas?

— Não é bem isso, seu Rodolfo. Por causa do clima de lá, os corpos dos índios não apodreceram.

Rodolfo ria do esforço de Francisco em explicar o processo de mumificação sertaneja.

— Quero ver essas múmias de perto. E você, Sílvia?

— Eu só preciso me olhar no espelho.

Às seis horas, Francisco prendia os cachorros no canil e punha uma banana na jaqueira onde Vanda se empoleirava. Às oito e meia, a piscina estava aspirada, os terraços varridos e as pitangas colhidas para o suco de seu Rodolfo. Às nove horas...

Francisco refazia a conta do tempo para não enlouquecer. Entre nove da manhã e meio-dia lavou a louça do café e tirou o almoço da geladeira. Fez pequenas arrumações na sala com cuidado para não fazer barulho, temendo ouvir reclamações. À uma da tarde o almoço foi servido: arroz, lentilhas, pão e um resto de coelho no vinho, única culinária de valor na mesa de vacas magras. Após servir a refeição, preferiu retirar-se, temendo ser incômodo.

— Dê licença, seu Rodolfo.

— Vá não, Francisco, me faça companhia.

A sala esquentava muito desde que Sílvia resolveu fechá-la com vidro. Transformara-se numa estufa, alcançando as temperaturas máximas antes das primeiras chuvas de março. Agora, era possível olhar Vanda empoleirada na jaqueira, ver os saguis pulando nos galhos dos freijós, contemplar a piscina azulada. Mas também se morria de calor e os ventiladores se tornavam inúteis no mormaço da tarde.

* * *

— Em fevereiro é quente no Brejo?

— Bastante.

— Mesmo na serra do Vento?

— Ela não pertence mais ao Brejo. Somente as serras da Prata, do Amaro e do Estrago.

— Você tem boa memória.

— O senhor tem mais do que eu.

— Como é mesmo que se chama seu povo?

— Gangarro. Nós somos os gangarros do sítio Bandeira.

— Eu não vou me enterrar entre os gangarros. Você sabe o que eu quero. Fizemos um trato.

— Não fiz trato nenhum com o senhor.

Rodolfo ria da cara assustada de Francisco.

— Posso sair?

Ele pergunta e sai.

Na única visita ao Brejo da Madre de Deus, Rodolfo e Sílvia tiveram uma impressão muito forte diante das múmias envoltas num casulo de palha. Pareciam vivas e resguardadas da ação do tempo. Francisco também os levou para conhecerem os gangarros do Bandeira, uma comunidade de pessoas brancas e de olhos intensamente azuis, vivendo como se esperassem a morte.

Desde a expulsão dos holandeses de Pernambuco, surgiram lendas de que os soldados se embrenharam pelos sertões e agrestes, se isolando do mundo como os negros nos quilombos. Guardaram-se os rostos brancos, os cabelos louros e os olhos de azul puríssimo. Mesmo com a pele arruinada pelo sol, teimavam em não se misturar com índios e negros, preservando na linhagem do corpo a memória de uma Europa reinventada nos trópicos.

— Prometa que quando eu morrer...

— Não prometo nada.

— É simples.

— O senhor vive dizendo que não possui corpo, só cabeça.

— Não estou brincando, Francisco. Na minha idade o homem começa a pensar na própria morte. Já enterrei meu pai e minha mãe. Desejo apenas uma esteira, das que vimos no museu do Brejo.

— Não zombe deles. Nem sei por que fizeram a maldade de arrancá-los de onde estavam enterrados. Pra quê?

Habituado a ouvir, Rodolfo também gostava de falar, quando encontrava um bom escutador como seu empregado.

— Escrevo em folhas de papel. Você recolhe e guarda, temendo desaparecerem. Alguma coisa se perderia se elas nunca fossem lidas? Talvez nada, porque escrevo apenas para me livrar da memória. Esses rabiscos são o meu esquecimento. Lembra as pinturas rupestres nas paredes da caverna que visitamos? Alguém desejava livrar-se da memória que o incomodava e pôs-se a desenhar e pintar nas pedras. Escrever é a maneira mais simples de morrer, embora muitos achem que é o único modo de permanecer vivo. Sílvia não gosta que eu fale dessas coisas, pois teme a morte. Por isso ela não dorme nunca, a não ser quando se enche de remédios.

Desculpa-se pelo raciocínio confuso, sem rumo como um seminário lacaniano. Talvez Francisco nem o compreenda, mas isso não tem grande importância, basta que alguém o escute com atenção, mesmo que não pontue, nem pigarreie como um psicanalista bem pago.

— O que motivou seus antepassados do Brejo da Madre de Deus a envolverem os mortos em esteiras vegetais e os enterrarem nas grutas do alto da serra? Você sabe responder?

— Eles não são meus parentes. Não possuo traço de índio xucuru.

— Ah!

As pessoas andando pela casa, tristes e sérias, lamentam a perda do mestre, amigo ou psicanalista. Nenhuma delas verte uma lágrima, o que causa estranhamento em Francisco, habituado ao choro e aos gritos de dor. Apenas ele se esconde no quarto, de vez em quando, para entregar-se ao pranto e logo em seguida voltar a servir bandejas de água e café, porque nisso o velório não difere muito dos velórios de sua terra natal, faltando apenas garrafas de cachaça.

Quando descobriu que o patrão estava irremediavelmente morto, Francisco compreendeu que não teria coragem de acordar dona Sílvia e muito menos de dar a ela a notícia desagradável. Ligou para o doutor Vicente e pediu que assumisse a tarefa. Imaginou as camionetas Toyota correndo pelo Brejo da Madre de Deus, levando passageiros de um lado para outro, gente que parecia não ter outra razão de existir além de correr estradas. Talvez encantasse Rodolfo a rapidez e a leveza em deslocar-se mundo afora, qualidades que estava longe de possuir, mal transpondo os limites da casa e do consultório em que se enclausurava.

— Seu Rodolfo! Seu Rodolfo! — chamou em vão.

A avó de Francisco ensinou que os mortos apodrecem, mas nunca como transportá-los do Rio de Janeiro para Pernambuco. Francisco também ignora se ainda fabricam esteiras capazes de conservar um corpo por dois mil anos. Sabe que está preso a um juramento. E que no alto da serra, lá onde sopra uma brisa suave, também é possível descortinar o mundo.

As Toyotas azuis e vermelhas correm velozes debaixo de um sol luminoso, apinhadas de gente sem pressa olhando as serras e os picos distantes, onde se escondem grutas do Brejo da Madre de Deus. Na Furna do Estrago, encontraram o cemitério indígena com oitenta e três corpos envoltos em esteiras, num sono de dois mil anos. Todos cobertos por fina camada de areia. Adultos e crianças. Um homem e, ao seu lado, a flauta que algum dia soprara, arrancando música de um osso de canela de ema, em que artesanalmente cavou um pequeno buraco e introduziu a paleta. Seria um artista sonhando planícies? Nada mais leve que a música de uma flauta, nem mais rápido que a ema sertaneja. A leveza sonhada por Rodolfo e a rapidez alcançada apenas nos pensamentos.

Amarraram com cipós os punhos e os tornozelos dos mortos adultos. Homens e mulheres imobilizados como fetos no útero materno, revelando que da mesma maneira que o sol os apresentava à vida, os restituía à morte. E num futuro ressuscitariam velozes feito emas, correndo desembestados nas cabines de Toyotas vermelhas e azuis.

Retratos de Mães

Mãe numa ilha deserta

Tarde. Uma pequena ilha no alto-mar. Bem junto à praia, uma casa pintada de branco e um farol apagado. Uma velha sentada numa cadeira segura um pequeno acordeom. Usa óculos escuros e um vestido azul. Quando não toca, deita a cabeça sobre o peito. Edmundo, de pé à sua frente, contempla o horizonte.

— Mamãe, toque *Lamento do bêbado*.

Como se fosse movida por algum mecanismo que funciona ao comando do filho, a velha começa a tocar. Edmundo dança sem ritmo, dando pulos na areia. De vez em quando para e olha o mar.

— Está bom, está bom! Toque outra música. Não, fique em silêncio. Quero ouvir algum som diferente desse acordeom fanhoso, mas não escuto nada. Hoje eles também não vêm. Em vinte e dois anos nunca chegaram à noite. Esfriou. Vou buscar seu xale.

Entra na casa e volta trazendo um xale, que coloca sobre os ombros da mãe.

— Toque *Resignação*. Não, espere, vou buscar outra coisa lá dentro.

Quando retorna, veste uma jaqueta amarrotada e traz uma garrafa de cachaça. Olha o mar sem novidades, bebendo longos goles.

— Agora, toque! Deixe que eu cante. Você depois que envelheceu desafina demais.

Canta e silencia ao final da música. O corpo, que até arremedara uns passos de dança, se imobiliza, os olhos fixos no mar. Apenas um braço se movimenta, levando a garrafa à boca.

— Essa música é minha ou é sua? Não me lembro. Todas as músicas são suas, nem adianta brigar por isso, pois você é quem escreve as partituras. Eu não sei escrever uma nota. Nunca soube.

Ri com espalhafato, ignorando a mãe às suas costas.
Sentada na cadeira, a cabeça tombada sobre o peito, ela abraça o pequeno acordeom.

— Você já pensou quando o navio chegar, se é que chegará algum dia, e descobrirem numa gaveta cinco cadernos de partituras? Que diferença faz se as músicas estiverem assinadas por mim ou por você? Ah, ah, ah! Vamos estar mortos e esquecidos.

Cai na areia, rolando de tanto rir. Só para quando a garrafa escapa da sua mão. Tateia ansioso, até encontrá-la.

— Toque *Uma barca no mar*. Vá, toque! Quem sabe aparece alguma. Vá tocando sempre. Não ligue para mim. Esqueça que eu estou nessa ilha.

Submissa às ordens do filho, a velha dedilha as teclas do acordeom e arranca melodias que se dispersam no fim de tarde.

— Escureceu. Tenho de acender o farol. Para quê? Há vinte e dois anos faço a mesma pergunta. Para que acendo o farol? Para orientar os navios perdidos no mar.

Sai ligeiro, impelido por uma vontade que nunca compreende. Quando retorna para junto da mãe, o negrume da noite se alterna com o brilho do farol, acendendo e apagando.

— O petróleo está no fim. Se o navio de manutenção não chegar, ficaremos no escuro e morreremos de fome. Quer comer uma bolacha mofada?

Apanha uma bolacha no bolso e a entrega à mãe. Ela mastiga lentamente, sem dizer nada.

— Quando aceitei ser faroleiro dessa ilha, não pensei que fosse ficar tanto tempo. Estava magoado, morto pela metade. Uma ilha deserta deve ser boa pra curar um coração doente. Eu disse e você riu. Naquele tempo você ainda enxergava e ouvia.

Cantarola uma canção baixinho, sempre olhando o mar.

— Nas primeiras noites passadas aqui, não dormi um minuto. E se nos esquecessem, quem nos proveria? A ilha é seca. Afora os peixes e a pouca água que juntamos na cisterna, não nos oferece nada.

Tira uma bolacha do bolso.

— Estamos sozinhos, separados do mundo por milhas de água salgada, esperando. Nosso destino é incerto, mas todos os dias eu tenho de acender um farol para guiar o destino dos outros. Eles ignoram que existimos. Não sabem que esse facho de luz é como as batidas do nosso coração. Veja: acende e apaga, acende e apaga... O lampejo de luz dura apenas um segundo. O eclipse demora mais. São três segundos de escuridão: um, dois, três... Acendeu novamente: um... Apagou.

Mastiga a bolacha e toma goles de aguardente.

— Você vai pedir que eu não pense nessas coisas. E vou pensar em quê? Eles nunca atrasaram tanto como dessa vez. Toque *Pranto derramado*. Não, toque *Cantiga do vento triste*. Nem sei se quero cantar. A letra dessa música é horrível. Quem escreveu, foi Eleonora? Desculpe, esqueci que você não gosta de ouvir o nome dela.

A lembrança de Eleonora parece desesperá-lo.

— Eleonora! Eleonora, você não precisava ter escrito esses versos tão ruins. Eu me levantaria sem eles. Agora preciso ficar de pé, apesar deles. Ah, ah, ah... Ninguém me escuta. O mar me separa do mundo.

Começa a chorar.

— Eleonora, quando você me confessou que estava apaixonada por outro homem, eu morri pela metade. Sempre acreditei que era único.

Vai até junto da mãe e olha para ela, desolado.

— Mamãe, você me fez imaginar dono de todas as perfeições e que uma mulher, estando comigo, não desejaria mais ninguém. Quando Eleonora me revelou amar outro homem, compreendi quem eu era. Senti-me traído por minha avó, por você, por todas as mulheres.

Corre para junto do mar.

— Toque *Canto cheio de pranto*! Agora é mais fácil. Não tenho de corresponder ao que sonharam para mim. Cada dia ouço menos uma voz martelando minha cabeça.

— Edmundo, você precisa saber...

— Que você não me ama mais? Quem é ele? Me diga! Quero matá-lo.

— Não seja violento!

— Você me destruiu. Vou dar um tiro na cabeça dele. Vou castrá-lo como se castra um porco.

— Edmundo, uma mulher pode amar dois homens.

— Não acredito; o amor é exclusivo.

— Aceite me dividir com outro.

— Não quero.

— Queira!

— Não quero, já disse.

Bebe os últimos goles da aguardente e senta-se na areia. Apesar da embriaguez, seus gestos revelam suavidade.

— Quero! Quero transpor as milhas que me separam do mundo. Preferia perder um braço. O direito, não, o esquerdo. Completo. Mão, antebraço e braço. Eleonora sempre me achou dramático, primitivo. Ah, ah, ah... Comigo ela só vibrava em ondas baixas. Com o outro, ela vibrava alto. Ah, ah, ah... Eu acho que eles se amavam no topo de um farol. Eleonora! Ele tem um nome horrível. Tenho nojo de pronunciar.

Volta-se, repentinamente, procurando a mãe.

— Mamãe, toque *E o gato comeu* e depois vá se deitar. Saia bem de mansinho, sem que eu perceba nada. Dormirei aqui na praia. Avistei umas luzes. É o navio de abastecimento. A terra é mais perto do que se imagina. A senhora não gostaria de tomar sorvete em taça de cristal? Toque e vá dormir. O sol queimou minha pele, mas não devo parecer velho. Quando vim para essa ilha, fiz questão de não trazer espelhos. Mas se o navio se aproxima, sinto vontade de ver o meu rosto. Como será que ele está?

Grita, para a frente.

— Olá! What's your name? Ahn...? Estão tomando cerveja gelada e eu cachaça. Pensam que não tenho mais força? Duvidem! Vão duvidando! Sempre sonhei ser marinheiro, ter uma tatuagem de águia no peito, uma mulher em cada porto. Ou então trapezista de circo. Senhoras e senhores! Respeitável público! A grande atração da noite: Edmundo Alcoforado no tríplice mortal. Trrrrrrrrrrr... trrrrrrrrr... Ah! Deu-lhe! Tan, taran, taran, tan, tan, tan, tan... Mamãe, vá deitar-se! Não escute essas coisas que estou dizendo. Elas sempre me vêm à cabeça quando avisto o navio. Um brinde, marinheiros, um brinde! Serei o mais novo embarcadiço. Mamãe, vá dormir, não quero que a senhora me escute. Se estiver sem sono, fique tocando em seu quarto. As músicas são suas. Nunca soube escrever uma nota.

A mãe vai embora, sem ser vista por Edmundo.

— O mar se transpõe a nado. Duvidam? Vão à merda! Sou capaz de tudo quando avisto aquelas luzes. Viajo todas as cidades, desembarco nos melhores portos. Amanhã o navio estará a dois metros de mim. Se quiser, transporei a prancha. Vocês duvidam? A senhora duvida, mamãe? Pois duvidem! Um brinde, marinheiros, um brinde! Sou dono do meu destino!

A luz do farol se apaga.

— O petróleo acabou. Estamos no escuro. E agora? Mamãe! Mamãe!

Ouve-se o acordeom ao longe.

Mãe em fuligem de candeeiro

(A lâmpada pendurada no teto balança ao gosto do vento. Na luz fraca, é possível enxergar frases e desenhos rabiscados nas paredes. Tudo em volta cheira a esgoto. Os músculos se crispam em contrações, tentando romper as ataduras que aprisionam o corpo. Sem peias, os pensamentos vão e voltam em ondas que lembram o mar, a praia com seu farol, uma lâmpada que apaga e acende.)

Tia Margot, se apresse, eles não passaram ainda. Deixe que eu arme a mesinha de trabalho. Cuidado com meus papéis, senão eles voam! Fique com a cesta de piquenique, mas não comece a comer; você engordou bastante, mal consegue caminhar. Precisa fazer dieta.

Viu a última Libertad que pintei? Está igual às outras. Já sei o que você vai dizer: que mamãe não tinha o queixo quadrado. Esqueça o queixo.

Papai podia vir com a gente. Ia ser bom pra saúde dele. O vento puro do mar faz bem aos pulmões.

Corra, tia Margot, senão você perde! São eles, pontualmente. Diga se não é fantástico. Parecem urubus, não fosse pelas toalhas brancas e pelas saboneteiras cor-de-rosa que carregam. Vou atrás deles.

Padre Climério! Padre Climério! Sou eu, Marivaldo. Toda vez que o senhor passa com os seminaristas para a piscina do bispo, eu corro para ver. Sei que é tolice, mas fico impressionado com essa fila de batinas pretas. O que acontece quando vocês chegam ao balneário? Como é que padres tiram a roupa?

Ah, ah, ah...

Não leve a mal, é brincadeira minha. Se tia Margot escutasse, me chamaria de blasfemo. Ainda bem que ela é surda. Padre Climério, o senhor tem rezado as missas de minha mãe? Eu não acredito que adiantem alguma coisa, mas ela gostava de missas. O que posso fazer? Seja feita a vontade dela.

Eu continuo pecador. Qualquer dia pinto um retrato dos senhores, descendo a ladeira do seminário. Não me excomungue! Tenho medo do inferno!

Ah, ah, ah...

Sou uma ovelha desgarrada! Bé, bé, bé... Imagino vocês lendo os breviários e urubus cagando nas páginas de letras miúdas.

Passaram. São uns idiotas. Ainda vivem sob a tirania do pecado.

Tia Margot, você não perde tempo! Comeu todos os sanduíches e não deixou nada para mim. Só o trabalho. Não faz mal. Venho aqui para pintar.

Ninguém me encomenda outra coisa. A Santa Inês com a Palma está perdendo o brilho e nem olham. Parei o Jesus no Monte das Oliveiras porque não se interessam por ele. Naturezas-mortas? Nem penso em começar. Para quê? É uma obsessão. Só querem as minhas Libertad em fuligem de candeeiro. Parece castigo.

Mamãe, mamãe! É você? É você, eu sei. Ouço sua voz cantando as canções de Libertad Lamarque e lembro um filme com Joselito. A mãe perdia o filho e o procurava enlouquecida. Uns bandoleiros tinham raptado a criança.

Meu filho! Onde está meu filho? Quem o tirou de mim? Como existe alguém capaz de roubar o coração de uma mãe? Bandidos cruéis!

Mamãe! Mamãe, você está aí?

Todas as manhãs eu colhia o orvalho do seu sorriso. Era a primeira a dizer: bom dia, filhinho. Contava os passos que dávamos juntos, indo à escola. Recontava os mesmos passos quando voltávamos para a nossa casa. A professora tratou-o bem, filhinho? Você acertou as tarefas de classe?

Mamãe, mamãe, não me torture! Basta esse maldito retrato de Libertad Lamarque. Bastam seus discos de Orlando Silva, suas revistas *Capricho*, essa tralha de papel e cera que carrego comigo. Mamãe, me deixe em paz! Vá descansar, como todas as mortas descansam!

Não! Não! Não levem meu filho. Ele é meu. Não o levem para morrer na guerra. Eu não o criei para ser morto com um tiro. Eu não quero uma medalha de ouro. Eu quero meu filho, junto do meu peito.

Eu não aguento mais. Mamãe, pare com esse dramalhão mexicano!

Silencio en la noche
Ya todo está en calma...

Mamãe, não precisa apelar tanto. Eu não suporto essa música. Dilacera o meu coração.

Tia Margot, você não faz nada por mim? Empanturra-se de sanduíches e basta isso para viver? Sente inveja porque mamãe era bonita e você é feia. Ninguém tem culpa de nada. Eu só quero terminar esse retrato e garantir meu sustento. Não sei o que as pessoas veem nele. Acho que é a minha infelicidade. Por que não pedem que eu pinte outra coisa? Sou um pintor de talento, mas só querem Libertad, Libertad... Não sou responsável pela morte de mamãe. Eu estava no Jeep, no passeio à praia e escapei do acidente por acaso. Antes tivesse morrido junto com ela. Papai e você estão vivos e não sentem o remorso que eu sinto. Por que vocês me levaram para vê-la morta no caixão? Preferia lembrá-la viva. Foi crueldade comigo; eu era uma criança, ainda.

A campainha do sorveteiro! Aqui! Eu quero! Você, não! Hoje, não deixo você comer mais nada.

* * *

Vá embora! Escureceu. Este lugar, à noite, não presta para mulheres. É suspeito. Leve minha bicicleta, a mesa e os papéis.

Ela foi. Melhor assim.

Armando! Armando, sou eu, Marivaldo! E aí, ganharam a partida? Não pude ir. Tenho uma encomenda de cinco retratos. Vá, estarei sim. Depois das dez. Papai dorme cedo. Bata na janela. Até!

No começo era difícil vir para cá. Nesta hora as ruas ficam desertas e ninguém repara num sujeito como eu.

Perdi a conta das Libertad que pintei. É fácil preparar a fuligem. Pego um prato de louça branca, acendo um candeeiro a querosene e aproximo a chama do prato. Em pouco tempo a fuligem se forma. Com um pincel, retiro a fuligem e pinto. As minhas Libertad Lamarque nascem das chamas que queimam. O vermelho vivo se transforma em preto, a vida, em morte.

Plegaria que llega a mi alma
Al son de lentas campanadas...

Não foi difícil descobrir mamãe em Libertad. Também não tem sido difícil descobrir Libertad em mim.

Si yo tuviera un corazón,
El corazón que di...

Eu ainda não tinha mudado a voz, nem formara o primeiro buço, quando vi Libertad em minhas mãos: no jeito de segurar uma xícara, na maneira delicada de passar os dedos entre os cabelos. Papai me batia a cada gesto que eu deixava escapar. Completei onze anos quando mamãe morreu.

O farol está para acender. É como a luz de um projetor de cinema. Mamãe me levava para ver todos os filmes de

Libertad Lamarque. Papai não gostava de cinema e não queria ir com ela. Eu cochilava nas sessões noturnas.

Acorda! Escuta ela cantando. Que emoção forte. Acho que vou chorar.

Eu também chorava. Não podia vê-la chorar daquele jeito, possuída de uma dor tão funda. O que ela sentia eu ainda não sei.

Gosto de meias finas, mas é preciso cuidado com as unhas, para não puxar os fios. Adoro batom vermelho, peruca loura, sandálias altas.

Ninguém mais ouve Libertad, nem assiste a seus filmes.

Si yo tuviera un corazón...

Mamãe colecionava todos os discos de Libertad, os recortes de jornais e revistas. Copiava os vestidos, o cabelo, a maquiagem, os cílios postiços. Possuía o mesmo acento de voz, o modo de sentar, o jeito de rir. Tratava meu pai como se estivesse contracenando com ele num filme famoso. E a mim, como o filho que Libertad perdeu numa película da qual esqueci o nome.

Passo os dias escutando discos velhos, folheando revistas amareladas, pintando um mesmo retrato em fuligem de candeeiro. Sou capaz de fazer o retrato de Libertad de olhos fechados. Aqui, os cabelos pretos e sedosos. Aqui, os olhos castanhos. Os lábios finos, o nariz afilado, a pele de cetim. E o queixo, onde sempre erro e me perco. Nessa curva eu me extraviei. O Jeep derrapou na estrada e a cabeça de mamãe... Meu Deus, que tormento é lembrar isso todos os dias.

Si yo tuviera un corazón...

Estou pronto para mais uma noite. Apaguem o farol!

Silencio en la noche
Ya todo está en calma...

Libertad Lamarque. Libertad.
Libertad sou eu.

(Antes que a luz fosse apagada, traziam a injeção. Depois, tudo se perdia no escuro dos medicamentos sem sonhos.)

Retratos de homens

Homem atravessando pontes

Caminha sempre aos domingos, com a devoção de um católico que frequenta a missa. Religiosamente. Bermuda jeans, camisa de malha meio gasta, sandálias de couro no lugar dos tênis e o boné ganho numa loja de construção. Anda dez quilômetros se a bebedeira do sábado não deixou ressaca.

Às cinco da manhã senta na frente do computador; dá os últimos retoques numa conferência ou na pesquisa para não sei qual ministério. Atividades que o mantêm ocupado e à beira do estresse, viajando pelo Brasil, pelo mundo, por universidades e embaixadas. Hospeda-se em hotéis de luxo; recebe diárias e cachês altos. Talvez ganhe bastante dinheiro, nunca se tem certeza. Ele mesmo cria uma atmosfera de mistério em torno desses afazeres alheios às caminhadas e aos encontros com os amigos. Dorme cedo e acorda cedo. Qualquer mudança nesse fuso horário provoca transtornos no humor depressivo.

Trabalha até as 7h50, sem quebrar o jejum nem mesmo com uma fatia de pão dormido. Às 8h desce pelo elevador de serviço e inicia a caminhada por lugares do centro do Recife. Um percurso sempre tão igual que as calçadas de pedra portuguesa guardariam os rastros do andarilho, se não tivessem sido trocadas por blocos de concreto, na nova administração da prefeitura. Substituíram as pedrinhas brancas e pretas com o mesmo cinismo com que derrubam prédios antigos, monumentos e igrejas. Mas o nosso homem de bermuda jeans e camisa de malha meio gasta caminha olhando para a frente. Nunca se detém nas fachadas das casas nem nos pardieiros arruinados. Não investiga restos de arquitetura colonial e art nouveau, não repara nos avanços modernistas da art déco, nem perde tempo com os excessos barrocos. Apenas caminha, exercitando as pernas e a musculatura cardíaca.

A pasta de couro usada nas viagens longas foi adquirida numa loja de departamentos em Londres e os paletós foram comprados em Milão. O avesso do figurino pobre de andarilho recifense. Não vestiria os mesmos trapos no Caminho de Santiago de Compostela. Com certeza, não. Talvez ele deseje confundir-se com pessoas comuns, perambulando por ruas desertas da cidade, nas manhãs de domingo. Recife mal despertado, as crianças em cima de papelões nas calçadas, grogues pelo excesso de cola e crack, dormindo alheias ao sol quente no rosto, aos sinos da Igreja de Santo Antônio e ao caminhante que nem olha para elas.

O homem de aparência disfarçadamente modesta talvez pense na sociologia acadêmica, no pós-doutorado em Harvard, no orgulho de ser o provedor da família. Acelera o passo com a certeza de que não ultrapassará os oitenta batimentos cardíacos por minuto, o ritmo ideal segundo o cardiologista que o examinou. Deixa a poesia das ruas para Manuel Bandeira, Joaquim Cardozo e Carlos Pena Filho. Felizmente não se chama Severino, como no poema de João Cabral, e nunca pensou em atirar-se da ponte para fora da vida. Seu último teste ergométrico foi perfeito.

Vence os primeiros obstáculos da Boa Vista, atravessa a Ponte Duarte Coelho, a Guararapes, a Pracinha do Diário e pega à direita na rua do Imperador. Chega ao Mercado de São José, cruza o Pátio de São Pedro e o largo da Basílica de Nossa Senhora do Carmo, com seu esplendoroso altar barroco pagão. Nem uma única vez ele para e contempla as igrejas abertas, relíquias de um passado colonial que o envergonha. Na França, visitou a Notre Dame de Paris e a catedral de Chartres. Mas a França é a França e Pernambuco é Pernambuco.

Apenas agora se liga nos primeiros sinais de fome. Não come há mais de doze horas. Habituou-se ao jejum prolongado. Às dez, sentará com amigos no Mercado Popular da Boa Vista para uma rodada de chope e um arrumadinho de charque. Prefere rum com Coca-Cola, pois cerveja dilata a bexiga. Sente dores no púbis desde quando a esposa dedicou-se à ioga tantra, exigindo-lhe que mantenha por mais tempo a ereção do pênis e alcance o orgasmo sem ejacular. Um esforço excessivo na sua idade. Aceita o sacrifício estoicamente, temendo que ela o imagine sem a mesma potência do início do casamento. Garante aos amigos manter a ereção durante seis horas. Nenhum acredita.

Cruza a Ponte Velha sobre o rio Capibaribe de águas podres, onde jura que se atira no dia em que ficar impotente. O suicídio premeditado nada tem a ver com a poesia de João Cabral, nem com Seu José mestre carpina do poema em louvor à vida, mesmo a vida mais insignificante, uma vida severina. Nada do discurso sociológico que sempre lhe garantiu bons empregos e salários. Um suicídio por questões meramente sexuais, talvez antropológicas. Jura aos amigos matar-se. Eles riem entre uma bebida e outra, nos encontros de domingo após as caminhadas, em lugares sórdidos onde servem comida deplorável e tocam música em radiola de ficha.

A ponte fende o rio em dois. Sente o mau cheiro da maré baixa e avista caranguejos à deriva. A mulher descobriu um novo roteiro para o sexo: o tantrismo. O que a sociologia do mangue e as palafitas da ilha do Leite têm a ver com a cultura amorosa indiana, que o oprime e o deixa também à deriva? Desenvolveu um modo próprio de pensar e fazer o sexo. Sofreu para circuncidar-se sozinho, soltar o prepúcio da glande, romper o cabresto. Prefere as mulheres no papel de mulheres e ele no de homem. Quando os amigos pedem que explique melhor suas teorias, enrola-se em frases sem conteúdo e o levam no deboche.

Os caranguejos se enovelam na lama suja, uma visão aterradora. São os mesmos que os catadores limpam e vendem presos em embiras: dóceis, amansados. Saem da prisão dos barbantes para a panela de água quente. Bem simples e prático. Depois, são servidos à mesa com pirão de farinha de mandioca. Uma gastronomia irretocável, fruto da tradição, o regionalismo tradicionalista e a seu modo modernista das lições de sociologia e antropologia pernambucana. O andarilho sorri ao lembrar que os caranguejos fazem parte de uma cadeia alimentar e cultural, em cujo topo ele se agarra a um emprego para sobreviver. Cospe com nojo nos bichos atracados tentando escalar os paredões da ponte e invadir as ruas da cidade. Imagina o Recife tomado por caranguejos, numa guerra para que o mangue sobreviva. Os bichos amontoam-se como degraus de uma escada, ganham altura, oscilam e tombam de volta à lama e ao caos do rio. Lembram tarântulas sem veneno. Apertam com as tenazes das patas os intelectuais metidos a pesquisar a podridão do mangue, provocando susto, dor e gritos nos invasores, um mal passageiro e merecido, embora nem se compare à febre venenosa das tarântulas.

Bichos tântricos, trepam uns sobre os outros e, se deixarem, ali ficam para sempre. Ele não deveria consentir que a mulher frequentasse o curso de ioga tântrica, com um professor indiano. O que um indiano entende de caranguejos de patas arreganhadas, que nós quebramos com porretes de madeira e chupamos a carne e os miolos? Pergunta-se com raiva, conjugando o verbo quebrar na primeira pessoa do plural como político devasso ou professor acovardado: nós. É ele quem deseja quebrar. A cada mês a mulher passa um final de semana fora de casa, num hotel de campo, em meio ao que restou da Mata Atlântica. O mestre e os discípulos discorrem sobre sexo tântrico. Será que se exercitam em aulas práticas? Ele também viaja, passa dias fora de casa. Os homens foram nascidos para viagens, aventuras, perigos e guerras. É biológico. As mulheres esperam, tecendo mantos infindáveis. Sempre raciocinou dessa maneira, apesar da sociologia, da Califórnia, da contracultura e de todos os libelos feministas.

— Muitas coisas mudaram, mas, no campo da relação entre os sexos, continuam iguais.

A irlandesa Edna O'Brian também pensa como ele, o que o deixa bastante orgulhoso. É uma mulher inteligente, de olhos verdes e pele muito alva, sempre vestida de negro. O sexo ocupa os pensamentos da escritora como algo misterioso e agressivo, que ela transforma em literatura para não enlouquecer. O instinto e a paixão dos homens e mulheres são radicalmente diferentes, argumenta numa entrevista a Philip Roth. Na hora de se agarrarem, os homens possuem mais autoridade e autonomia. Gozam dentro das mulheres doando sêmen, o líquido vital cheirando à água sanitária. Elas recebem o tesouro viscoso, uns poucos mililitros repletos de espermatozoides, milhões de células inquietas de cabeça grande e cauda buliçosa. Retêm-no sem dar nada em troca, enquanto os homens tombam de lado, exaustos, precisando de um tempo para se refazer do esforço, alheios à viagem das parceiras. Fogem para um lugar só deles. Olham a parede contrária ao rosto que há poucos minutos beijavam com sofreguidão. As mulheres desconhecem por onde os homens passeiam, não compreendem quão instintiva é a partida, essa busca de encontrar-se a si próprio e reanimar-se. Sentem-se abandonadas e magoadas. Edna O'Brien experimenta um vazio igual e arranca seus escritos do nada. O andarilho acredita que as mulheres inventaram o sexo tântrico para vingar-se do abandono posterior ao orgasmo. Se os homens não ejacularem, ficarão em pé de igualdade com elas. Os machos nada doarão de si; talvez apenas um espermatozoide afoito. Anulam-se as leis biológicas, desfaz-se a relação de poder e mando. O amor sexual passa a desencadear-se pela consciência e não mais pela paixão.

O corpo treme quando contempla a escada de caranguejos, desabando na lama podre. Talvez desista do encontro com os amigos e apareça de surpresa no hotel onde a mulher se hospedou para o curso. Ela ficará assustada com a presença dele em meio aos colegas, temendo o que possa imaginar de ensinamentos tão estranhos ao meio acadêmico do curso de sociologia. No começo, ela até sugeriu ao marido se incorporar à turma de iogues. Parecia sincera. Mas foi apenas no começo.

Não irá pelo Cais José Mariano, mesmo sendo domingo. A lembrança dos armazéns de madeira, dos caminhões descarregados por homens fortes e suarentos, o enoja. Prefere a rua da Matriz da Boa Vista, onde se casou. O que a esposa conversa com o professor indiano? Até onde chegam as intimidades verbais? Em que termos falam de sexo, endurecimento, ejaculação, orgasmo? Já são quase dez horas e os moradores de rua continuam dentro de suas casas improvisadas com plásticos e papelões. Dá para ver alguns bebendo aguardente, de cócoras na calçada. Os gradis dos casarios, orgulho da memória ibérica pernambucana, servem para amarrar os plásticos com que improvisam os abrigos, a cada noite. Apenas nos domingos as cobertas permanecem montadas pelo dia afora. Quando chega a segunda-feira, os moradores se dispersam e a cidade reassume a vida comercial. Melhor ignorar tudo isso, não fez sociologia pensando em sujar as mãos no sangue. As feridas são para os poetas e guerreiros. Prefere batalhas na cama, mas a esposa o obriga a uma contenção severa, enchendo sua musculatura de dores.

Será que o indiano segura seis horas de ereção sem ejacular uma única vez? A mulher garante que sim. Como ficou sabendo? Ele, o marido, sempre gostou de esporrar, de ver as arremetidas do jato de esperma. Orgulha-se da força propulsiva do membro, lançando a quase um metro de distância os jorros em ondas de gozo. E os moradores de rua, como fazem sexo? Amontoados na lama, igualzinho aos caranguejos? Pessoas caminham nas calçadas, carros buzinam nas ruas, vizinhos de mocambos de papelão se esfregam ao lado, sem afetá-los. Pernas, braços e cabeças invadem os espaços. Corpos amontoados se tocam, chafurdam entre molambos e restos de comida, em torno de garrafas vazias, pontas de cigarro, maconha, cola e crack. Imagina uma suruba coletiva debaixo dos papelões, como nos filmes pornôs ou na antiga Babilônia. Excita-se. Teme não resistir ao impulso de enfiar-se em algum daqueles tugúrios. Aperta o passo, confiante no teste ergométrico, porém o coração acelera a cento e dez batidas por minuto.

* * *

É necessário sentar e descansar.

Chegou à antiga Praça da Boa Vista, onde no passado havia um chafariz. Seria bom refrescar-se. Agora, a água brota de uma fonte resguardada por ninfas e leões. No alto, a escultura de uma índia remete aos antigos moradores de arrecifes e manguezais, dizimados como os caranguejos. Outros crustáceos se movimentam em torno da praça gradeada. Melhor nem mencioná-los.

O andarilho cansou dos próprios pensamentos e das imagens sem pudor. Não costuma deter o olhar em quase nada, mas se embevece com as ninfas de perfil clássico, os peitos à mostra. Envergonha-se das fantasias com mulheres que o abordam pedindo cigarro e dinheiro, mas é seu modo pueril de vingar-se da esposa ausente.

Na casa de número 387, um pouco à frente, viveu na infância a escritora Clarice Lispector. Lembra o nome de um livro escrito por ela: *A imitação da rosa*. Leu apenas o conto que dá nome à coletânea: a angustiante loucura de uma mulher, obcecada pelo desejo de alcançar no casamento a perfeição das rosas. Pensa na esposa e sente uma fisgada no peito esquerdo. Ela também busca a harmonia na vida conjugal, a perfeita comunhão entre corpo e alma. Ele não compreende essas coisas e provavelmente está enlouquecendo.

Construíram a fonte de pedra em Lisboa, do outro lado do Atlântico. Várias praças se sucederam ao longo do tempo, até esta por onde ele caminha inquieto. É possível investigar o passado de todas elas, seguir as pegadas de Clarice e famílias judias dando voltas ao redor, tentando esquecer os horrores da guerra.

O coração permanece acelerado, ameaçando explodir. E se pular na água? Talvez refresque a cabeça. Talvez.

Homem de unhas pintadas com base de esmalte

Não se diz pintadas, mas apenas unhas com base de esmalte. Pintadas fere a masculinidade. Melhor seria dizer unhas com base transparente.

A esposa aplicou duas camadas de esmalte transparente sobre as unhas do marido, realçando o rosa do leito ungueal. Ficaram mais escandalosamente róseas e brilhosas do que o mais escandaloso esmalte rosa usado pelas debutantes.

Ele saía pelo mundo afora com a calça de viscose, os sapatos pretos sociais, a camisa azul-marinho. Nem reparava nas unhas, mais preocupado com o nariz obstruído por uma carnosidade, os olhos sonolentos parecendo uma bandeira a meio pau. Por baixo da calça grossa e das unhas quase vermelhas de tão sanguíneas que eram as pontas dos dedos, ele usava uma cueca branca, e por baixo da cueca os pelos pubianos aparados com a tesoura, e alguns cabelos que teimavam em nascer no saco escrotal, raspados com um barbeador de três lâminas da Gillette.

Em suma, um metrossexual, assumidamente heterossexual, sexualmente ativo, sem qualquer fantasia homossexual, que se recusava a assistir *O segredo de Brokeback Mountain*, porque lhe repugnava ver dois homens se beijando na boca, mesmo em imagem virtual.

Enquanto a esposa esmaltava as unhas dele com a segunda camada de base incolor, chamou-a carinhosamente de esposa, reafirmando que ela nunca seria uma simples mulher ou companheira. Enquanto o filho hiperativo brincava num joguinho eletrônico de última geração, meditou sobre a família, desde o avô. Nada de extraordinário acontecera com eles, todos eram hiperativos e fizeram carreira militar, casaram, tiveram esposas frígidas e nervosas a quem chamavam esposas, praticaram um catolicismo asséptico, daqueles em que até as chamas do inferno parecem mornas, e traíram as amáveis esposas frígidas com dezenas de amantes fogosas, tudo dentro da mais absoluta normalidade e sentimento de desprezo pelas vulgares amantes.

As unhas revestidas por duas camadas de esmalte incolor, embora não se tratasse propriamente de esmalte, mas apenas de um produto masculino aceitável para um metrossexual de vida perversa, esquentavam o leito ungueal e geravam um desconforto que se irradiava ao períneo, provocando uma excitação que beirava o priapismo, obrigando-o a repetidas masturbações no estilo dos macacos enjaulados, ou a buscar uma amante gorda que preferia o espancamento ao sexo, ou, ainda, a investir na esposa se ela não estivesse com enxaqueca.

Caso a esposa estivesse com enxaqueca, o que sempre acontecia, poderia redigir um discurso para a academia militar, ou pedir aulas de informática ao filho hiperativo de sete anos, se ele aceitasse largar o brinquedo eletrônico de última geração que emitia um barulho irritante ao toque de cada tecla, lembrando a corneta do quartel em que ele, o pai, fora treinado.

Pela cabeça da esposa, ocupada em remover pequenos excessos do esmalte com um estilete de ponta envolvida em algodão molhado em acetona, não passava nenhum pensamento superior ao brilho efêmero do esmalte. Nada a comovia mais naquele instante que o rosa sobressaído do leito ungueal do marido, revelando a pujança do seu sangue meio negro, meio índio e meio branco, que o deixaram com feições indefinidas. Não que passasse pela cabeça da diligente esposa ameaçada de enxaqueca questões antropológicas ou sociológicas. Comovia--a, com justa razão, o rosa do leito ungueal revelado assim, de repente, como um arco-íris após a chuva.

E sem que o esposo esperasse, nem o filho hiperativo agora ocupado em destruir um aparelho celular, ela caiu num pranto convulso. Largou o esposo e o filho, e apagou a imagem das unhas rosadas do marido, o homem que aparava cabelos do púbis com a tesoura, e que nunca compreenderia a revelação que ela tivera, única talvez em anos de sufocante convivência.

Homem em Berkeley

Berkeley é só tédio aos domingos. O escritor João Gilberto Noll que o diga. Melhor pegar um trem para San Francisco do que subir e descer a Shattuck Avenue, olhando os cafés vazios. Loucos e pedintes se abrigam nas portas das lojas, com seus cães e tralhas. A reforma psiquiátrica devolveu-os às ruas, impregnados de neurolépticos. Já não existem manicômios formais, apenas a cidade e o lixo da riqueza, muito lixo, restos da contracultura dos anos sessenta, molambos de hippies. Nenhum corpo desfila nu em protesto pela guerra no Iraque. A insurreição de intelectuais e estudantes nos tempos do Vietnã transformou-se em retratos nas paredes do Free Speech Coffee, da universidade.

Ninguém mais procura o que se enxergava antes. Todos preferem manter os olhos aprisionados na tela do laptop, sem risco de rebelião. As bocas ávidas sorvem large coffee preparado com grãos da Abissínia ou Colômbia. De vez em quando disparam tiros e matam, mas não se comenta nada. São balas perdidas, resquícios, talvez, de Vietnã, Afeganistão e Iraque. O que nem ousam confessar. Os bons meninos e meninas, os rapazes e moças que passam correndo sobre patins, estranham-se e matam. Matam-se. E todos se calam nas salas de aula, nos corredores dos departamentos, nos bares, nas avenidas largas sem ruído de buzina e sem atropelamentos. Nenhum clamor ou protesto. Em boca fechada só entra large coffee. É preferível não arranhar a beleza americana dos jardins perfeitos, ostentando camélias e orquídeas tropicais.

As batidas do carrilhão de Berkeley imprimem ritmo aos passos do escritor residente: bão... bão... bão...

— O que é o tempo? — perguntaram a Santo Agostinho.

— Se não me perguntam, eu sei; se me perguntam, desconheço — ele respondeu.

O escritor sobe e desce a Shattuck aos domingos, como João Gilberto Noll subia e descia a Shattuck aos domingos, angustiado porque nunca conseguirá ler os seis milhões de livros da biblioteca central. Três andares submersos e mais quatro andares acima do solo coberto de pinheiros, esquilos e fontes d'água. Alexandria de livros. Parte do saber acumulado em séculos disponível para que o homem se torne bom e não precise matar.

Báo!

Hora de literatura brasileira para jovens americanos atentos e curiosos. Báo! O que é o sertão? Se não me perguntam, eu sei; se me perguntam, desconheço.

Sertão! — Jatobá!
Sertão! — Cabrobó!
— Cabrobó!
— Ouricuri!
— Exu!
— Exu!

O poeta pernambucano Ascenso Ferreira, que cantava o sertão, nunca esteve na rica Califórnia de cowboys bang--bang, tomada ao México como reparação de guerra; conheceu apenas o sertão de cangaceiros lampiões e cidades perdidas nos confins de Judá.

O rapaz de Massachusetts estuda na Universidade da Califórnia, em Berkeley, e lê em voz alta a tradução de uma novela do writer in residence brasileiro. Cursou física, toca saxofone e se desloca num skate. Precisa ganhar dinheiro. Todos precisam ganhar dinheiro, de preferência muito dinheiro, comprar uma picape a diesel e uma casa de três andares. O writer in residence não pode conversar com o aluno de Massachusetts nos corredores, por mais que o aluno deseje esclarecer metáforas. É politicamente incorreto. O writer conversa com os alunos apenas em sua sala do Departamento, com a porta aberta.

— Professor, uma dúvida.
— Escreva para o meu e-mail.
— É apenas uma questão.
— Marque uma hora.
— Ok!
— Recebo você na minha sala.
— Ok!
— Não esqueça o e-mail.
— Ok!

Conversam.
Fala cerimonial como a arte cavalheiresca do arqueiro zen.

Burocrática como a entrevista com o professor chefe do Departamento de Literatura. Marcada por e-mail, vários e-mails indo e vindo até os acertos finais do encontro de cinquenta minutos, numa cafeteria.

— Chá ou café, professor?
— Café.
— Pequeno, médio ou grande?
— Grande.
— O que dizia, mesmo?
— Tudo acabou. A contracultura acabou.
— Açúcar?
— Mascavo.
— É verdade, o sonho acabou; mesmo aqui na Califórnia. Não encontrei nada do que pensava encontrar.

— Sinto por você. Deviam tê-lo prevenido para que não sofresse. Sobrou esse caos perfeito e a obsessão pelo politicamente correto. Preferimos alface à carne.

O carrilhão de Berkeley desgasta o tempo e as engrenagens do meu inglês enferrujado, cheio de palavras que não se ajustam às do professor chefe do Departamento. Felizmente me distraio com um casal. O rapaz e a moça acabam de entrar com as mochilas sobrecarregadas de livros, notebook e ipod. Será que namoram? Ele puxa a cadeira e senta; ela põe a bolsa pesada no chão, puxa uma cadeira e senta. Os dois são bonitos, um orgulho de deus e do presidente.

Não trocam beijos de cinema. Apenas os gays de San Francisco trocam beijos explícitos, no bairro do Castro. O rapaz e a moça sentam em lados opostos da mesa de café. Cada um ajusta o ipod nas orelhas e abre o laptop. Preferem nunca se tocar. Estão sozinhos no mundo, ligados pelos canais cibernéticos.

— Como as pessoas começam um namoro, aqui?

O professor não compreende a pergunta, ou finge não compreender. É tabu como os assassinatos nas escolas; constrange como tocar o corpo de alguém, por acaso. O corpo é sagrado na Califórnia, todos possuem seguro-saúde. Os estudantes universitários se fotografam nus e editam revistas com subsídio público. As fotos não devem passar sensualidade. É a condição para o subsídio. Os estúdios filmam pornografia sadomasoquista na cidade de San Francisco. Pagam os direitos trabalhistas dos rapazes e moças importados do Leste Europeu e da América Latina. Os instrumentos usados nas sessões de sadomasoquismo são cuidadosamente esterilizados. Geram-se empregos, seguros são pagos e o capital circula.

* * *

Os corpos americanos se defendem de assédios e toques ao acaso.

— Sorry.

Felizmente se passaram os cinquenta minutos do encontro. No dia seguinte será a conferência e a leitura pública de um conto do writer, na biblioteca do Departamento. Agora ele caminha pela Telegraph Avenue, alegre com o aparente caos. Atravessa um pátio onde são permitidas manifestações políticas. Compra maçãs e tangerinas sem agrotóxicos, numa feirinha improvisada pelos estudantes.

Fez frio desde que chegou, mas o dia luminoso de hoje parece o Brasil. Rapazes tiram as camisas e meninas usam saias curtas. Andam apressados como cavalos a galope. Só ele não tem quase nada o que fazer. Gasta o tempo caminhando, sem vontade de retornar para casa. Toma outro café, retarda o passo. Não voltará ao Departamento, onde assiste ao espetáculo dos alunos sentados nos corredores, esperando falar com seus mestres. Evita observar o empenho de todos em parecer felizes e eficientes. São pessoas ocupadas. Criam o que ninguém parece capaz de criar, no restante do planeta. Numa ordem absoluta que vez por outra se fragmenta.

Os tiros.

Alguém enlouquece e decide instalar o caos.

Menino sonhando o mundo

Quando tio Gustavo retornou do Sul, era madrugada. Ouvi os latidos dos cachorros, as batidas na porta de casa e o nome do meu pai chamado alto. Depois escutei minha mãe chorando, transtornada com a magreza do tio, seu semblante envelhecido. Tudo se passando junto de mim, em torno da rede em que eu fingia dormir para escutar as histórias que nunca me contavam.

— Menino não precisa saber certas coisas — era o que diziam, me enxotando para longe dos mais velhos.

Ofereceram ao tio o pouco que havia em casa: rapadura, queijo, coalhada fresca. Antes, o tio não comia esses alimentos rudes. A fome e o sofrimento na terra distante acabaram com seus orgulhos de homem.

— O Sul não existe — falou enquanto mastigava. — É pura invenção de violeiro repentista. Eles enchem a cabeça da gente de promessas mentirosas. Viajar é o mesmo que correr atrás de fumaça.

Mamãe olhava o irmão, em seguida olhava meu pai, arrumava a roupa vestida às pressas, sem ajuda de um espelho. Era a mais inquieta de todos nós, a que menos compreendia o mundo nebuloso de onde tio Gustavo retornava. Para ela, além do Sertão só existiam a Amazônia e o Sul.

Meu pai me dava instrução para o dia que eu tivesse de migrar. Aprendera a ler sozinho e ensinava o que sabia. Nossos livros estavam gastos, de tanto passar de mãos. Não eram muitos: *A história sagrada*, *As mil e uma noites*, o *Romance de Carlos Magno e os doze pares de França*, *A Ilíada*. Para que precisávamos de mais livros? Toda sabedoria do mundo se concentrava nestes. Sem transpor os cercados da fazenda, conhecia as cidades da Terra: as de antigamente e as de agora.

— Você foi ao Mato Grosso? — perguntou meu pai.

— Fui, comecei a viagem por lá. Trabalhava numa fazenda de café. Os grileiros me fizeram de escravo. Nunca via a cor do dinheiro, pois estava sempre devendo ao barracão. Tomaram minhas roupas e até o fumo do cigarro eles controlavam. Tive malária e pensei que não escapava com vida. Ninguém daqui sabe o que é uma febre. Ela sempre chegava na hora certa e era a única certeza naquelas paragens. Quando senti que ia morrer, fugi por dentro da mata. Nem sabia para que lado ficava o norte. Desaprendi a olhar o céu e a me guiar pelas estrelas. Só enxergava a copa alta das árvores.

O tio enrolou um cigarro na palha de milho e de onde eu estava senti o cheiro conhecido do fumo. Quando crescesse eu também fumaria como todos os homens.

— Atravessei muitos rios até chegar à cidade; quase morro. Mas estou de volta e é como se nunca tivesse saído pra lugar nenhum.

— Você viu a cidade? — perguntou meu pai, com sua calma habitual.

Sem mexer-me na rede, para não descobrirem que eu escutava a história e percebia o alvoroço da família, busquei imagens dos meus livros para ilustrar a conversa misteriosa dos adultos.

— Fale da cidade — pediu minha mãe.

— A cidade é tão conhecida, que nem é preciso visitar. A gente tem na memória.

Contou sobre o que eu mais esperava ouvir. O viaduto elevado como os jardins suspensos da Babilônia, maravilha do mundo por onde passavam pessoas e carros. Embaixo, plantações de flores trazidas do levante e do poente. A torre de uma catedral gótica, parecendo o minarete de uma mesquita de Bagdá. Cheguei a ver o califa Harum al Raschid, suas duas mil concubinas e o muezim anunciando a oração para os fiéis. Lembrava um aboio de vaqueiro tangendo o gado no fim de tarde. Embalado pela voz do tio, avistei um primo no exílio da Babel, erguendo as paredes de um edifício alto. O elmo rolava da cabeça, ele tombava anônimo das muralhas do castelo franco e ficava caído no chão de asfalto. Ninguém chorava por ele.

O resto se confundiu nos sonhos, como a noite no dia que principiava.

Homem folheia álbum de retratos imorais

Amaldiçoa a Deus e morre duma vez.
(Jó 2,9)

Da cama de um hospital público, onde espreito a morte há quase cinco meses, escrevo para ocupar o tempo e não esquecer o desenho das palavras. A cada dia falo menos, pois não tenho interlocutores. Isolaram-me numa enfermaria por conta do cheiro de minhas feridas: um odor nauseante que eu mal suporto. Nenhum paciente, nem o mais alheio à vida, deseja permanecer ao meu lado.

Quatro dias na semana recebo a visita do médico clínico e às segundas-feiras uma leva de ortopedistas passa junto de mim. Constatam que as escaras se agravaram e preciso submeter-me a uma desarticulação dos membros inferiores, no ponto em que o fêmur se une ao quadril. Antes, deverei passar por um outro procedimento cirúrgico, a colostomia, que desviará o trânsito intestinal. Dessa maneira, as fezes serão coletadas numa bolsa, evitando a contaminação da cirurgia. Habituei-me ao vocabulário extravagante, de tanto escutá-lo de médicos e enfermeiras. Falando dessa maneira, eles supõem proteger-se do meu sofrimento. Será mesmo possível se alhearem de tamanha infelicidade?

Meu nome é Claudiney Silva. Num álbum de fotografia que hoje folheio horrorizado, apareço abraçando uma menina. É minha filha. Não a vejo há bastante tempo e pela conta dos dias imagino-a próxima dos dez anos. Numa outra foto visto uma bermuda jeans, estou sem camisa e a musculatura do corpo sobressai. Reconheço sem modéstia o quanto eu era um rapaz bonito e talvez por isso nunca me faltasse mulher. Na foto em que meu rosto não aparece, cortada nas pernas e um pouco acima do umbigo, uso calção de banho azul bem colado. Acredito que o fotógrafo não desejou registrar o que se avoluma à frente do púbis, mas as várias tatuagens na coxa direita: uma caótica combinação de monstros chineses, um palhaço de circo e dois rostos de quem as pessoas imaginam ser Jesus. A mulher de biquíni vermelho, corrente dourada no pescoço e mão de unhas pintadas com esmalte branco segurando meu joelho é Marlene. No retrato seguinte, feito poucos dias após ter saído de um presídio feminino, ela mostra o braço tatuado com três linhas de palavras, uma sentença de vida que nunca cumpriu:

Amor só de mãe
carinho só de Cristo
amo só Claudiney

Menos de um ano após levar os tiros que me deixaram paraplégico e inválido, ela me largou por uma mulher e carregou nossa filha.

Em nenhuma foto do álbum imoral aparecem meu pai ou minha mãe, nem tampouco a avó que cuidou de mim. Quando fui desprezado ao nascer, não me puseram num cestinho como o Moisés do Gênesis, nem me largaram nas águas do rio Capibaribe, o Nilo de Pernambuco. Não foi menor o abandono. A foto de família feliz, com o filhinho nos braços da mãe e o pai ao lado, nenhum fotógrafo bateu para mim pelo simples motivo de que não houve esse instantâneo em minha vida. A mãe, prostituta desde os quinze anos, ficou grávida de um biscateiro e deixou a criança para a avó empregada doméstica criar. Nunca conheci mãe; nem sei se vive ou se já morreu.

O pai surgia do nada, bêbado e trazendo um saco de feira. Não marcava data nem hora de chegar. À medida que eu crescia, escasseavam suas aparições como os milagres dos santos. No meu aniversário de onze anos, com bolo confeitado e guaraná, ele chegou mais embriagado do que nunca. Com a barba por fazer e a camisa aberta no peito, enquadrou-se na porta da palafita, em contraluz solar. Lembrava um profeta bíblico, um louco esmagado pela revelação da Palavra. Não sabendo que rumo tomasse na vida, refugiava-se no álcool e no vício do sexo. Demorei anos para compreender esse recorte abençoado, uma visão premonitória na imunda praia de Brasília Teimosa, no Pina. Muito depois, quando reencontrei o pai — qual dos pais? —, minha história já se encaminhava para o final ou recomeço.

Se tivesse reparado no olhar que Marlene lança ao meu rosto, numa foto posada em que debruço a cabeça sobre o joelho dela, perceberia meus pés afundarem na areia da praia recifense. A maré não prometia peixes. O Nazareno desaconselharia os discípulos a jogarem redes. Mas bronzeio o rosto no sol, uso óculos escuros e boné vermelho, seguro em uma das mãos o cigarro e espalho os dedos grandes da outra mão no abdome sem gordura. Sinto-me bonito, irresistível. Contra o céu azul a nos proteger, Marlene expõe a barriga de cinco meses, saia preta curta, brincos indianos, unhas pintadas de vermelho. Não sei o que nos mantém presos à terra, desconheço os fios invisíveis que nos manipulam. Nesse tempo ainda não fazia perguntas, nem havia me iniciado no fogo da Palavra. Marlene e eu somos meras figuras recortadas contra o céu infinito criado por Deus no primeiro dia, quando a luz e as trevas foram separadas. Parecemos alheios a qualquer busca ou sentido de existência. Esqueci quantos anos tem a foto; prefiro não fazer o cálculo do tempo, pois ele não conta na mesma medida para os que apodrecem numa cama de hospital, barganhando com a morte. Mais que no tempo, confio na misericórdia de Jesus, porém ele se cansou de mim e já não me escuta nem responde minhas perguntas.

Quando ainda nem tomara consciência do sofrimento que me aguardava, uma figura apareceu na porta do quarto de hospital onde fui internado pela primeira vez. Nenhuma luz artificial ressaltava seu brilho. Ladeavam o homem vestindo paletó preto, outros homens semelhantes a ele e mulheres monotonamente iguais. Reconheci-o quando pousou a mão sobre minha cabeça, fechou os olhos e ergueu o Livro com a Palavra. Era meu pai. Não o que trazia sacos de feira e surgia do nada na festa de aniversário; mas um novo homem pregando o Evangelho de Jesus. Foi igual ao primeiro dia, aquele em que Deus separou luz e trevas e viu que a luz era boa.

A Ele não pude mentir. Existe uma verdade multiplicada em outras, mas a nenhuma se deve cultuar ao exagero, pois também há razão na mentira. Eu me agarrava à história repetida aos médicos, à polícia, à minha avó envelhecida e cansada de mim. O que me livrou da prisão foi o relato fantasioso de que vendia ovos na feira de Tiuma, cidadezinha marginal e violenta da Grande Recife. Ovos de cascas frágeis e conteúdo viscoso como a lábia que sempre possuí. Confessei muitas vezes que seguia de madrugada para um ponto de venda, fora do mercado, um caos de gritos, sons de motos, sol quente, gente pobre, suor e frutas podres. Desci de uma kombi de lotação com trezentos e noventa reais no bolso — os números precisos ajudam a fortalecer as mentiras, posso garantir. Ia buscar mercadoria, ovos de galinha de granja com gemas anêmicas contaminadas de hormônios, quando fui abordado. Pediram meu dinheiro e reagi. Uma crônica repetida milhões de vezes nas folhas e noticiários dos jornais brasileiros: os tiros à queima-roupa, o impacto na coluna vertebral, a medula cortada como haste de capim servida a canários engaiolados, sangue, dor, paralisia. Pernas e coxas sem vida, penduradas feito bandeiras em tarde de mormaço.

Marlene sabia a verdade. Indago novamente sobre a verdade, quando olho uma foto batida no domingo anterior à paralisia. Ao fundo, o mesmo céu bíblico de cinema. À frente, o mar perdendo sua força invasora no embate com milhares de pedras colocadas pela prefeitura. Sentada numa cadeira de praia, uma vizinha segura nossa filha ao colo. Um colega que nunca mais tornarei a ver, de bermuda branca e gorro de lã no sol quente, abraça uma menina de cinco anos. Está embriagado e fuma. Atrás dele, o filho abre dois dedos acima de sua cabeça, imitando chifres. Não são os cornos radiantes de Moisés, mas a acusação de que o pai é traído pela esposa ao lado. Eu, descaradamente bêbado numa sunga preta revelando a forma dos genitais, seguro um copo de cerveja na mão direita e estiro a língua para a boca de Marlene, como a serpente tentando Eva. Exponho um piercing que reluz ao sol e quase cega de ódio minha avó, contrária às mutilações. Pareço um Adão pornográfico sussurrando: "Esta, sim, é osso de meus ossos e carne de minha carne!" Quando deixei de penetrá-la, ela me largou. Não via sentido em manter-se ao lado de um homem impotente, como se a abominável cópula que multiplica a espécie humana e arruína o planeta fosse o único elo possível entre homem e mulher. Em breve perderei a metade do corpo e só agora compreendo certas revelações. É fácil renunciar ao sexo quando ele está morto. Meu sofrimento não terá grandeza aos olhos de Deus?

A avó me botou na escola. Sempre admirou os livros na casa onde trabalhava como doméstica e supunha um futuro bem mais feliz para as crianças que viviam a rotina de tarefas escolares, cursos de inglês e aulas de balé. O oposto do que me oferecia o Pina, onde o sol e os camaradas me chamavam pro meio da rua. Na beira-mar, brincava de empinar papagaio, jogava bola e ganhava os primeiros trocados tomando conta de carros. Em nosso barraco, nenhuma poltrona me esperava; nem a companhia de livros, nem o silêncio. As palafitas montadas umas nas outras me obrigavam ao convívio visceral das pessoas, sem trégua de televisões, carros de som, brigas, mortes, sexo de graça e à escolha, com homens e mulheres.

Eu poderia amar os livros como a avó desejava que amasse? Entre os camaradas, esse gosto era o ridículo de ser homem, um não ser homem. A avó trazia muitos, novinhos. Ficavam jogados pelos cantos, inúteis como roupas impostas pelos padres catequistas à inocência despida dos índios. Se eu abria algum deles, me chamavam para conversar ou escarneciam de meu esforço em parecer diferente. O destino de todos os meninos iguais a mim era um só: a rua. De nada valia possuir uma inteligência aclamada pelos professores. A avó espalhava os livros pelos dois únicos vãos de casa, como armadilhas em que eu pudesse cair. De tanto olhá-los, não foi difícil reconhecer o verdadeiro Livro nas mãos de meu pai, no dia em que ele transpôs a porta da enfermaria onde me largaram às pressas, paralítico e quase morto. Isso já faz um longo tempo. Dizem que o tempo passa mais ligeiro se todos os dias são monotonamente iguais. Quando o pai atravessou a porta com a Escritura, os anos de desvario e insanidade reduziram-se a um único dia sombrio.

O médico ortopedista pediu para me alimentarem. A cirurgia foi suspensa mais uma vez, pois não fizeram reserva de sangue. Quem esqueceu de fazê-la? Pergunto, mas sei que a negligência nunca será apurada. Ninguém protesta contra o descaso com que nos tratam: nem nós mesmos, nem os familiares, quando existem. Não possuímos senso de coletividade. Nossas atitudes são individuais: assaltamos, matamos, quebramos telefones públicos, roubamos lençóis das enfermarias, deixamos torneiras abertas, não damos descarga nas privadas. Vinganças aleatórias e sem consciência. Contra quem?

Perdi a conta das vezes que suspenderam minha cirurgia, como perdi a conta das justificativas: num dia, faltava o parecer cardiológico; noutro, o elevador que dá acesso ao bloco cirúrgico estava quebrado; pode acontecer do anestesista ou do cirurgião auxiliar não ter vindo; falta roupa apropriada e água no hospital; há corte de energia elétrica e o gerador não funciona. Tudo isso, além de meus próprios motivos: estou magro, desnutrido, apresento febre, as bactérias não me deixam em paz. Os laboratórios fabricam novas gerações de antibióticos, cefalosporinas e quinolonas — são esses os nomes que escuto e anoto nas visitas médicas —, mas os serezinhos minúsculos que apodrecem minha carne resistem a todos eles. Só Deus possui a providência e o poder de curar-me, porém

Ele não me olha. Fui eleito sofredor e pago pelos pecados cometidos. Devo regozijar-me.

Blasfemo, Todo-poderoso, perdoa-me. Ao contrário do que imagino, o meu sofrimento é sinal de que o Senhor olhou para mim e decidiu esquartejar-me sem nenhuma causa revolucionária.

Quando meu pai atravessou a porta com o Livro, eu ainda não fedia igual às carniças expostas ao sol e o pai já não exalava o cheiro adocicado de aguardente. A barba escura e áspera que feria meu pescoço de criança, nas poucas vezes em que me beijou, fora raspada. Os olhos ainda possuíam o mesmo brilho, porém já não resplandeciam de embriaguez alcoólica. A luz nascida deles era um dom do Espírito Santo, revelado através da Palavra de Jesus. O antigo pecador trocara os domingos de bebedeira e corpos nus bronzeados pelo suplício de caminhar sob o mesmo sol da luxúria na companhia dos irmãos em fé. Vestidos dos pés à cabeça em roupas de tecido sufocante, pregavam aos infiéis. Durante esses anos de doença, dediquei-me ao estudo do Único Livro, buscando o conhecimento, a sabedoria e o caminho da salvação. Sempre me fiz uma pergunta: será necessária a invalidez, o sofrimento e a vergonha de ver o corpo apodrecendo para escutar o chamado? Na condição em que nasci, e vivi, eu poderia trilhar um caminho diferente? A resposta sempre me parece não, como se o caminho adverso tivesse me escolhido, sem me possibilitar saída ou horizonte.

A minha verdadeira história só revelei-a ao pai — mais uma vez pergunto o que é a verdade aos olhos de Deus —, pois além do cativeiro do corpo seria condenado a uma outra prisão, a da lei dos homens. Ela já fora traçada desde o meu nascimento. Os astrólogos supersticiosos diriam que bem antes. Prefiro narrá-la a partir dos treze anos, quando senti os impulsos violentos do sexo e a rua se tornou a extensão da casa, se é que posso chamar de casa o amontoado de tábuas que nunca delimitou meus passos. Nessa idade, dois anos após ter visto o pai pela última vez, começo a beber e a fumar cigarros comuns e de maconha. Não conseguia desvincular-me das sensações ligadas ao homem que me gerou: o cheiro de aguardente e tabaco. Aos quinze anos, amadurecido precocemente pelo sol, como as frutas no carbureto, eu conhecia o sexo e os truques para sentir e dar prazer. A avó passava de segunda a sábado na casa dos patrões, me deixando solto no mundo. Eu poderia continuar na escola e tocar a vida sozinho; ou prostituir-me com os turistas na praia de Boa Viagem, como fazia boa parte dos meus colegas; ou ainda ganhar a rua e o sustento nas pequenas contravenções. Escolho o terceiro caminho, o que me parece mais fácil. Nessa via cruzo com Marlene, antes e depois da prisão dela, quando conheceu a mulher por quem me largou. É também no caminho de pedras e arrecifes das praias de Brasília Teimosa e Pina que me envolvo com os maloqueiros retratados no álbum de que não consigo me desfazer. Apesar dos anos decorridos, folheio-o para nunca mais desejar esse movimento de onda, os corpos suarentos envernizados com bronzeador falso e areia, os cigarros, a cerveja e o vício.

Na data do meu segundo nascimento — morrer não é mais do que renascer —, eu descia de uma kombi em Ponte dos Carvalhos e não em Tiuma como referi à polícia e aos que me interrogaram. De pequenas contravenções ascendi aos roubos e ao tráfico. As feiras das cidades periféricas do Recife servem para a desova de aparelhos de som, celulares, peças de carro, moto e bicicletas. No dia anterior, um domingo, bebi e fumei uns baseados com os dois colegas que aparecem na foto que olho agora. Ela não representa Jesus entre os dois ladrões, mas três bandidos tirando chinfra. Uso cavanhaque e raspei o peito com gilete. Do meu lado esquerdo, de óculos escuros, brincos e cabelo aparado a máquina, Jâmysson. À direita, o oxigenado Dêivys. Somos negros, ou o rescaldo da mistura dessa raça com índios e brancos. Nós três estiramos a língua para fora, insultando o mundo e exibindo piercings estrategicamente colocados na ponta das mesmas. As peças metálicas serviam para excitar os clitóris das mulheres em orgias de felação.

Jâmysson e Dêivys atiraram em mim. Duas balas continuam alojadas na coluna, como piercings irremovíveis, privando-me dos movimentos. Recusei-me a rachar a venda de uns bagulhos e eles me dividiram ao meio. Bandidos possuem códigos de lei e um dicionário que procuro esquecer lendo a Escritura Sagrada. Vez por outra palavras obscenas saltam em minha boca e eu as cuspo como se fossem serpentes venenosas. O Inimigo não descansa um segundo.

Socorrido num hospital, fiquei internado o tempo de saber que nada poderia ser feito por mim. Tive alta com as primeiras escaras e voltei à palafita da avó. Não temia os antigos comparsas. Eles não atirariam novamente num morto, num renascido, a bem da verdade.

O médico clínico passa na sua visita. No começo, ele nem olhava meu rosto. Talvez sofresse ao constatar a existência da morte e os limites do poder de cura. Esquece o que uma simples escuta, um olhar ou o mais leve toque representam para enfermos como eu.

— A cirurgia foi suspensa novamente, Claudiney — me informa.

Devo desesperar-me?

— O Estado não cuida bem das pessoas. O que gastam com você custa bem mais caro do que se investisse em segurança e educação — repete todos os dias o discurso político, sem nenhuma convicção.

E me explica, mais uma vez, a sequência de procedimentos a que serei submetido para continuar vivo.

Primeiro a colostomia. Em seguida, uma primeira desarticulação. Depois, quando o ferimento estiver cicatrizado, o segundo esquartejamento. Simples como montar e desmontar bonecos de plástico. Afirmo que o sofrimento do homem é estipulado por Deus, porém ele balança a cabeça com descrença.

— Onde termina a responsabilidade do Estado e começa a vontade de Deus? Ou a pergunta deve ser formulada ao contrário, Claudiney?

Não espera a resposta, ela demanda um longo tempo e médicos nunca têm tempo. A enfermaria e eu cheiramos mal. Ninguém puxa uma cadeira e senta para escutar-me. São todos fugidios.

— Você teria aceitado a Palavra se não estivesse na condição de inválido?

Planta a dúvida em meu coração e me vira as costas.

Retorno à Escritura Sagrada, a que dediquei os últimos anos de vida. Agora, prefiro os Livros Sapienciais: Jó, Provérbios, Eclesiastes, Eclesiástico e Sabedoria. Acrescentaram impropriamente a eles os Salmos e o Cântico dos Cânticos. Não gosto dos Cânticos; são luxuriosos e excitam ao prazer. Admiro Jó, servo de Deus sem outro igual na Terra, resignado no sofrimento que se abateu sobre ele. Nunca segui a Deus como Jó, porém fui escolhido para sofrer. Nunca cumpri Seus mandamentos e fui golpeado por isso. Nunca O amei como o homem íntegro que O teme e se afasta do mal, porém Ele me enxergou lá do alto do céu e me humilha, me rebaixa ao chão e me faz motivo do nojo de todos. Morro e nada peço a Ele, pois não sou um pedinte. Porém, tenho muitas perguntas a fazer: por que fui escolhido? Desde quando fui escolhido? É verdade que o homem nunca escolhe?

Quase esqueci o sabor das bebidas. A cerveja amarga, mas nada se compara ao fel de minha boca. Antes de morrer, serei esquartejado, reduzido a um tronco com dois braços e uma cabeça, um coto humano pensante. Por mais terrível que tudo isso pareça, a cirurgia mutiladora é o único meio de debelar a infecção e manter-me vivo por mais tempo. O que farei com os dias que me presenteiam? Continuarei dirigindo-me a Deus e fazendo perguntas?

Homem contempla barcos encalhados

— O silêncio é uma rua de janelas fechadas — declamou em voz alta o verso do poeta Everardo Noróes.

À luz da lua, avistou na areia branca da praia o que pareciam caveiras de elefantes, mas que eram na verdade os restos encalhados de barcos de pesca. Lembravam as costelas de um paquiderme, desmanchando-se ao embate das ondas. Se a maré subia, naufragavam; se baixava, as proas pediam socorro.

Fazer o quê? O avô quisera assim.

— Os homens inventaram os cemitérios.

Ramon acendeu um cigarro e riu. Nunca contava os cigarros fumados, nem olhava as fotografias ilustrando as embalagens, para não se amedrontar e desistir do vício. Um homem numa máscara de oxigênio e a frase ameaçadora: O Ministério da Saúde adverte: fumar provoca câncer de pulmão. A foto mais aterrorizante era a de um cigarro com as cinzas arqueadas, sugerindo algo que baixara e nunca mais se levantaria. Nem precisava ler o que estava escrito. Uma sucessão de horrores como nos quadros de Jerônimo Bosch: meninos desnutridos, membros ulcerados, rostos anêmicos, corpos escaveirados, um tratado de patologias. Ele mesmo perdera os dentes, um a um, enferrujados pela nicotina.

Como os barcos que o avô deixara encalhar na praia, depois que adoecera e não pudera mais se aventurar nas águas profundas.

— Nunca mais sairão à pesca — sentenciou, sem ressentimentos.

As madeiras apodreciam, os tabuados finos soltavam-se das vigas, a maresia comia os ferros. Do jeito que se decompunham os elefantes mortos na savana. Primeiro, os caçadores arrancavam as presas de marfim. Depois, as aves de rapina devoravam os olhos, furavam o couro e comiam as vísceras. Por último, as hienas se banqueteavam com gorduras e carnes. Restavam os ossos, arreganhados para o céu, sem nenhum pudor. Iguaizinhos aos barcos.

Sem ligar para a metáfora de que o silêncio é uma rua de janelas fechadas, Ramon riu de si mesmo e do poeta. Depois falou em voz alta que o silêncio é uma fileira de barcos arruinados. Alguém deixaria de se divertir com a imagem de caveiras de elefante, enfileiradas e silenciosas? Achou-se um gênio do humor e riu até se engasgar com a nona taça de vinho. Tornou-se sério apenas quando acendeu outro cigarro. Sem querer, viu a foto de um menino raquítico.

Nunca visitara a África, onde as crianças desaprendiam a mastigar, porque não comiam. O Ministério da Saúde adverte: fumar durante a gravidez causa problemas ao feto. Ainda bem, não corria esse risco. Mais uma vantagem em nascer homem: os espermatozoides não sofrem desnutrição pelo tabagismo. Nem pelo álcool.

Encheu a décima taça e olhou através da janela. Era a única aberta na rua. A única com as luzes acesas e gente espreitando. Ele.

Do outro lado, a praia e os barcos encalhados.

O avô lhe presenteara um maço de cigarros ao completar treze anos. Ensinou-o a desfazer o invólucro de celofane, a tragar e a expelir fumaça pelo nariz. Sempre fumaram juntos, até poucos dias antes de o avô morrer de câncer de pulmão.

* * *

— Não acredito que isso faça mal — o avô falou. — Uma coisa tão pequena, tão insignificante.

Riram.

O avô contou sobre a única vez em que decidiu largar o vício. Pescava no mar alto. Não permitira que ninguém levasse cigarros na embarcação. Uma noite não suportou o desejo e deu ordens para voltarem. Encontrou os botecos fechados. Bateu na porta de uma casa de comércio, pediu que lhe vendessem um maço. Pagava qualquer preço. Acendeu um cigarro e revoltou-se com a constatação de que uma coisa tão pequena o dominava. Jogou o cigarro no chão e esmagou-o.

— Você é um homem letrado, meu neto, mas o vício nos iguala — falou pra Ramon.

— É possível.

Mudos, os dois olhavam os barcos se desmanchando. Nos porões apodrecidos, nenhuma memória de peixe. Refletiam que tudo se assemelha na morte, até os navios.

E o avô, no que pensaria poucos minutos antes de morrer? Ele e Ramon amavam o silêncio, acima de todos os bens. O silêncio que se segue a uma baforada, a fumaça pairando sobre as cabeças, como nuvens antes de uma tempestade.

Em silêncio, os homens são iguais como ruas de janelas fechadas.

Homem com gastrite erosiva moderadamente leve

Cheirou a camisa de mangas compridas, buscando o aroma de remédios que não o largava nunca. A bolsa de amostras no bagageiro do ônibus, uns tantos centímetros acima da cabeça, recendia a anti-inflamatórios, antibióticos e analgésicos, mas não tinha alcance para impregná-lo. Mesmo assim ele cheirava a medicamentos e por isso recuou o corpo. Viajava numa poltrona do corredor de um ônibus noturno, podia inclinar-se à vontade e até mesmo dormir. Era seu plano. Representava uma multinacional de produtos farmacêuticos e mal completara 32 anos. Apesar das caspas que o afligiam e do lábio superior mais delgado que o inferior, não deixava de ser um rapaz bonito, um homem que trabalhava feito um louco para manter dois carros e um apartamento de 110m² no segundo andar de um edifício.

Foi a mulher de 45 anos, usuária de botox nas rugas dos olhos e nariz, quem levantou o encosto de braço que a separava do rapaz de 32 anos. Ele sorriu e disse alguma gentileza, coisa em que se especializara vendendo produtos farmacêuticos. Falava na diagonal, evitando a projeção do hálito no rosto da mulher, pois bebera cerveja com os amigos. Descalçar os sapatos ficaria para mais tarde, quando todos dormissem. Sempre despistava o mau hálito e camuflava os odores dos pés.

A companheira de assento virou de costas. Ocupava-se em fechar as cortinas do ônibus, impedindo que os faróis dos carros incomodassem os passageiros. O rapaz observou camadas de gordura abaixo das omoplatas da vizinha e "pneus" indiscretos alargando-lhe a cintura. Mesmo assim, achou-a palatável; também apreciava frutos maduros.

Quando os outros passageiros imitaram a sra. Botox, também fechando as cortinas de tecido escuro, o ônibus se transformou numa câmara de revelar filmes. Cenário teatral perfeito em que a mulher deu a primeira fala "agora posso dormir" e em vez de entregar-se aos anjos do sono virou-se para o rapaz aturdido e iniciou um consultório sentimental pegajoso, um monólogo interminável, que os psiquiatras chamam de logorreia. O representante de laboratórios, mesmo sem formação psicanalítica, ouvia a fala e pontuava, esquecendo o hálito de cerveja e o chulé que nunca conseguira debelar.

Esposa de um comerciante rico, ela retorna para casa depois de uma visita aos filhos que estudam fora. Faz esse sacrifício todos os meses por zelo e devoção materna. O propagandista mora quatro cidades adiante, numa região próspera em clínicas e hospitais aonde ela vai sempre consultar-se. É bom poder sair de casa, quebrar a rotina doméstica, ir às compras, afastar-se do marido.

Ele compreende tudo, balança a cabeça em sinal afirmativo, para cima e para baixo, tantas vezes que acaba por sentir um leve pinçamento na cervical. Precisa cuidar da hérnia de disco e da gastrite erosiva moderadamente leve. Os propagandistas de laboratório são treinados em ouvir e balançar a cabeça, falar pouco deles mesmos, aproveitar as mínimas oportunidades para vender seus produtos, exaltando a excelência do diclofenaco de sódio no tratamento das dores articulares e do ácido gama-aminobutírico nas dificuldades de concentração.

Resguardada pelo escuro, ela revela que o marido completou 61 anos. Ele quase aproveita a ocasião para sugerir um produto de sucesso nas disfunções eréteis, mas lembra a tempo que não trabalha no laboratório que fabrica o remédio. Achando ter se excedido nas confissões, a mulher, dezesseis anos mais jovem que o marido, recua o corpo, arruma a cabeça, apruma-se na poltrona e cobre os joelhos com a saia que naturalmente ganhara as coxas. Durante a operação mantém o olhar fixo no encosto da frente, como se nele existisse um espelho, retocando o batom com o dedo mínimo. O rapaz testa o hálito pondo as duas mãos em concha sobre o nariz e a boca, expira e sente o odor desagradável nascendo no estômago. Precisa voltar ao gastroenterologista, repetir a endoscopia digestiva alta ou pelo menos tomar omeprazol. Um amigo sugeriu um fitoterápico. Não acredita nessas coisas.

Viajam na sétima fila do lado esquerdo do ônibus. São os únicos acordados, além do motorista. Ele avança coxa e ombro sobre o território vizinho, mantendo a cabeça pendente para o lado do corredor como se fosse uma marionete. A posição resguarda a companheira do seu mau hálito, mas dificulta o uso de uma técnica sugerida nos treinamentos da empresa — a modulação da voz como recurso de sedução. Ele fala o mais baixo possível para não acordar os que ferraram no sono e tenta convencê-la de que não cometem nenhuma transgressão, nem ultrapassam o sinal vermelho. O recurso ensinado pelo neurolinguista obriga-o a aproximar o corpo mais e mais.

A mulher ouve silenciosa, uma estátua de sal. Parece a esposa de Lot, a que olhou para trás, imaginando pecados nas alcovas de Sodoma. Num improviso, ela segura as mãos do rapaz e confessa que o marido nunca a fez gozar em 24 anos de casamento. O propagandista de remédios, a quem ensinaram não medir esforços para satisfazer os clientes, esquece a gastrite erosiva e tenta beijá-la na boca. Não posso, ela diz, rechaçando-o. Ele desconfia do mau hálito e recolhe-se magoado.

As lições do treinamento martelam em seu cérebro, vozes ordenam que não desista, busque algum tipo de ganho, não saia da luta sem despojos. Então alonga a mão esquerda, a única possível de estender na posição em que se encontra, e a repousa entre as coxas da vizinha. Os dedos compridos e a palma macia são abandonados à inércia. Ela não o contraria. E ficam assim por longo tempo, as cabeças de lado, os olhos sem mirada. Um calor formigante sobe pelas veias de ambos, desce por artérias, espraia-se como excitação e enlevo. Ele sente a textura macia da saia, brinca de franzir o tecido, puxa-o para cima e expõe duas coxas brancas e roliças na pouca luz ambiente. Com o dorso da mão percorre relevos, planos, reentrâncias, cabelos que os dedos penteiam até chegarem num ponto que a faz estremecer. Delicado, ele segura a mão dela com firmeza e, vencendo resistências, coloca-a sobre o pau endurecido.

Na primeira vez em que se encontraram logo após a viagem, ela gozou três vezes: no prólogo, antes mesmo de se despirem; num desempenho de sexo oral; e quando o rapaz a penetrou. A rotina se repetiria durante oito anos de encontros mensais: 96 entradas em motéis e 288 espasmos do coito. Antes que ela chegasse à cifra de 300 orgasmos plenos, ele confessou estar apaixonado por outra amante. Perdera o interesse no esquema que mantinham. A mulher chamou-o de cafajeste e cruel. Chorou, escreveu e-mails, enviou longas mensagens pelo telefone celular, mas o representante de remédios se mostrou irredutível. Além da esposa legítima, queria apenas a nova amante. Era grato por tudo o que ela fizera para conquistá-lo, reconhecia seus esforços em mostrar-se sexy, a fortuna dissipada em lingeries e cirurgias plásticas. Sabia de cor a lista de presentes recebidos nos 2.920 dias de convivência. O laptop na mão esquerda, a mesma que ostentava uma aliança de casamento, não o deixava esquecer as benesses da amante mais velha. Nem o carro novo, nem o escritório montado para a esposa advogada. Anotava em dólares os empréstimos pedidos a ela nas emergências familiares, como a viagem à Disney no aniversário de 15 anos da filha. Nunca saldou um centavo. Pagava-a numa outra moeda. Embora não precisasse recorrer aos estimulantes, pois elaborava fantasias que o mantinham ereto no papel de macho, já entrara na casa dos 40, quando o gosto por mulheres mais jovens se impunha.

Depois da viagem noturna, foi ela quem ligou para a empresa de medicamentos, à procura dele. Disse à secretária que haviam viajado juntos e esquecera um livro no ônibus.

Gostaria de perguntar ao rapaz se o encontrara. Não deixou o número do telefone, mas ele a localizou. Sentia-se dividido. A gastrite decorria de sua permanente ambivalência, de nunca saber dizer não, de deixar-se levar pelas circunstâncias e ser pusilânime. Imaginava ganhos, mas também receava complicações se aceitasse um segundo encontro com a mulher desconhecida. Mal se refizera do terror sentido ao chegarem à cidadezinha onde ela morava. Na plataforma da rodoviária, o marido, um motorista e um segurança investigavam as janelas. A mulher disparou no choro e confessou-se arrependida. O rapaz de 32 anos, o hálito nauseante, temeu que o denunciassem por assédio e o levassem preso. A neurolinguística não funcionou. Experimentava fórmulas e não conseguia evitar o pânico. Achou mais seguro trancar-se no banheiro até a partida do ônibus. Os testículos doíam por conta da excitação prolongada. Masturbou-se ali mesmo, no cubículo estreito cheirando a detergente barato.

O gozo chega com estertores fortes e gemidos. Ela teme acordar os passageiros e revelar seu crime. Vira-se para a janela e arranca a mão instalada entre suas coxas. Recusa-se a massagear o membro do rapaz. Enquanto durou o entrevero amoroso, entregou-se ao prazer como se a violentassem. Agora, deseja apenas esquecer tudo. Abre a cortina e enxerga uma nesga de céu. A lua minguante e algumas estrelas brilham ao longe. Sempre apreciou a noite. As árvores secas parecem animais pré-históricos.

Talvez chova. Se chover a terra será lavada.

Homem borgiano espreitando o lobo

A lua é cheia no céu. Os lajedos refletem a claridade branca, mas já não se avistam frestas acesas nas portas e janelas das casas. Cães uivam assombrados. A rasga-mortalha cantou sete vezes, os olhos vermelhos em fogo. Nos currais, silenciaram os chocalhos. De algum espojadouro, o vento sopra o cheiro nauseante de suor de cavalos. Em sonho, visito uma paisagem de cemitérios e desperto assombrado com o repique de sinos.

Meu corpo pálido, transparente sob a lua, em breve não se conterá nas amarras que o prendem. Os sinais dessa meia-noite de quinta para sexta-feira tecerão um zodíaco de casas em cujas portas me precipitarei. Começarão os tremores, o fogacho, o estranhamento do mundo e a força desconhecida que me fará sentir o Outro. Depois, o que ainda me espera? O impulso de buscar um terreno molhado pelo suor dos cavalos, que as narinas mal suportam e, ali, desconhecido de mim mesmo, rolar-me três vezes da direita para a esquerda. Em seguida, já transformado, nada mais saberei do que faço ou penso.

Dizem que o culpado de tudo foi Licaon, meu primeiro ancestral. Ofereceu carne humana a um deus que comia em sua mesa. Teve por castigo de carregar a horrível forma até a morte. Dele nós herdamos a penosa sina. Cumprimos um ciclo de luz e treva: o sol nos restitui a feição humana, pálida e melancólica; a noite nos precipita na loucura do animal, voraz e sedento de vida. Entre luzes e trevas, não há um só tempo em que os dois seres repousem juntos, acalmados. É esse o grande castigo do deus. Se o animal dorme, o homem vela. Ou o seu contrário. Só em sonhos um aparece ao outro.

Num dia em que me deitei cansado de uma noite de intermináveis carreiras, adormeci e sonhei. Homens enfurecidos me perseguiam. Seus cães me acuavam. A luz amarela dos fachos que eles carregavam feria meus olhos, habituados à penumbra. O que eu havia feito? Seduzira uma jovem adolescente. Por vingança, eles queriam conhecer o meu verdadeiro rosto, para só em seguida me matar. Acordei sobressaltado. O corpo doía, o sonho me inquietava. O que procuram em mim que eu próprio não enxergo? Vejo apenas o que o espelho reflete: um rosto magro, pálido, fino, de profundas olheiras e nariz afilado. O Outro, os espelhos nunca me revelaram um instante sequer. Sou capaz de sentir suas orelhas compridas, os grossos pelos do corpo, as unhas afiadas, as presas pontudas, mas nunca de contemplá-lo. Sei que o homem briga com o lobo e que uma vez é vencedor e, noutra, derrotado. Mesmo sabendo que sou Um por castigo, desconheço minha legítima face.

É verdade que minha mãe prevaricou com o próprio irmão. É também verdade que sou o sétimo filho homem. Mas será justo que por essa razão eu carregue a forma plural? Que no escuro ou no claro tenha sempre um rosto escondido? Busco a difícil resposta. Receio a dor, mas só alcançarei a paz de que necessito e me escondo se for ferido no corpo por um homem que não sente medo. Meu salvador será odiado por mim. Conheço ardis e tentarei matá-lo de alguma maneira. Ele sabe os riscos a que está sujeito. Não poderá ferir-me de longe, com uma arma de fogo. A bala é quente e cauteriza o sangue enquanto penetra na carne. Meu redentor deverá ferir--me com um punhal, que é frio e exige a proximidade física do algoz. Ele me olhará nos olhos, sentirá minha respiração, arriscando-se ao contágio do meu sangue. Sucumbir ao mesmo vício é o preço elevado para quem me espiona e persegue. Mais uma vez meu destino se contradiz: desejo o sossego de uma noite dormida sem suores, mas evito o encontro em que meu sangue será derramado para minha redenção.

Apesar do asco e da vergonha que O Outro me inspira, sou escravo do prazer que só ele experimenta.

A lua é cheia no céu. Já adormeceram as camas, as portas das casas, os currais de gado. A claridade se espalhou e a terra é um imenso algodoal. Só os cães continuam vigiando na noite fria. Um doloroso abandono me invade. Tudo começa a partir-se. O tronco quebra-se da raiz, estremecem os galhos. Estiram-se os dedos, esquentam-se as veias, a garganta incha. Mal consigo contemplar a lua e os lajedos banhados por ela. A razão vai me deixando aos poucos e em breve não pensarei em mais nada. Correrei por cidades, cemitérios, encruzilhadas, lugares desconhecidos e longínquos. À deriva, sem rumo. Desesperadamente procurando.

A noite me reserva a emboscada que já nem temo?

1983/2010

Garoto conta anedota de final previsível

Quando a vi pela primeira vez, numa velha *História sagrada* que a mãe trouxera junto com seus livros de professora primária, não tive o susto nem o embevecimento que meu coração experimentou depois. Apenas notei-a, na curiosidade dos cinco anos, folheando o livro de páginas soltas com ilustrações em preto e branco. Seriam bicos de pena? Mais provavelmente gravuras de Gustave Doré para uma tradução da Bíblia de Tours. Nunca soube direito.

Com certeza não era a pintura do renascentista Ticiano, *A queda do homem*, onde a reencontrei mais tarde: rubra, tentadora, a pele macia despertando o desejo de tocá-la com os dedos, passar a língua na sua carne, sentir-lhe o cheiro. Tentação. Palavra ainda não alcançada pelos meus sentidos de menino agarrado à mão do pai.

— E estes?

— Adão e Eva no paraíso, tentados pela serpente.

No desenho sem cor, o objeto minúsculo pouco despertava curiosidade. Nem os da família alertaram para ele, enredados na rotina de casa: a mãe, corrigindo cadernos de alunos, o pai, consertando arreios e selas. Meu único irmão dormia cansado de montar cavalos e banhar-se no açude, enquanto eu queimava os olhos na luz fraca de uma lamparina, buscando decifrar no Livro Sagrado os mistérios sugeridos pelas figuras enigmáticas.

— E estes?

— Os homens que açoitaram Jesus.

Era a senha. Nem precisava disfarçar a crueldade. Pactuava o mesmo horror dos pais, a náusea cristã ao sofrimento no Calvário, repetido nas missas de domingo. Molhava o dedo no cuspe e, com requinte de perverso, esfregava as figuras dos algozes, até destruir seus rostos.

Onde morávamos, um sertão de lajedos e cactos, era impossível encontrá-la. Durante anos, o velho livro foi sua única referência, imagem imprecisa que desbotou, perdeu-se em páginas arrancadas, virou adubo da terra seca. Porém nunca brotou em novas imagens ou cores. Obscuro, mas cheio de significados, o desenho transformou-se em sonho.

O pai decidiu que estudaríamos em escola, pois não criara seus filhos para bestas de carga. A mãe falou da cidade onde nascera, das luzes e de objetos difíceis de visualizar com nossa pobre imaginação.

— Você vai brincar na roda-gigante.

— Roda-gigante? Como é?

— É uma roda bem grande.

Havia um cachorro chamado Gigante, dono de um rabo comprido, formando uma roda. Devia ser isso a roda-gigante: o rabo de meu cachorro.

Partimos de madrugada. A mãe chorava se abraçando às amigas; nunca mais tornaria a vê-las. O pai dava ordens e o irmão se despedia dos objetos de sua infância feliz. Somente eu não experimentava qualquer temor, como se estivesse predestinado a futuro largo, sem sustos. Olhava nossos pertences, cacos de mobília arrumados na carroceria de um caminhão. Em nenhuma gaveta ou armário fora guardado o livro. Ficara para trás, em meio às quinquilharias sem valor. Roubavam-me a única prova de tê-la visto, forçando-me a guardar na memória a imagem gravada por um artista em lâmina de cobre, depois fixada no papel e no meu imaginário de criança.

Com certeza eu não deixava o sertão apenas para buscá-la noutros lugares onde seria possível achá-la. Com os anos, habituei-me a vê-la em tantas representações que não haveria susto no nosso reencontro, supunha sem convicção.

Tudo me seduzia na cidade com praças e globos de luz opalescente. Sustentando na mão direita uma vela acesa, temeroso de queimar-me com a parafina escorrendo feito lágrimas no rosto do Senhor dos Passos, eu seguia procissões ao som de matracas e gemidos de mulheres. No carnaval, as buzinas e os escapes dos carros me conduziam a outros prazeres e medos: sedas esvoaçantes, música, gritos, embriaguez de lança-perfume, rostos ocultos por máscaras. Numa noite fugi de casa e tive o primeiro encontro com o Diabo, face a face. A capa vermelha de satanás e o rabo comprido varriam confetes e serpentinas pelas ruas, me arrastando à deriva, trêmulo e sem resistência. Abduzido, nunca mais retornei desse transe.

No novo mundo de sugestões infindáveis eu já nem lembrava o acanhado sertão. O Natal se oferecia com Papai Noel e réplicas de pinheiros, num mês de dezembro ensolarado. No cinema em preto e branco ou tecnicólor, encontrei-a muitas vezes. Tinha certeza de quem ela era faltando apenas tocá-la e prová-la. Na infância não se preveem os acontecimentos e eu não sabia quando isso poderia acontecer. Tudo vinha de longe, na cidade aparentemente grande, hoje tão pequena e insignificante. Os jornais chegavam de trem; os rolos de filme, num avião de linha, que só pousava uma vez por semana, no alto da serra.

O toque de sua forma, seu estonteante perfume, eu só viria a sentir bem mais tarde, quando o rosto mostrava um buço de adolescente e o corpo se avolumava em formas e inchaços. Até lá, me contentei em possuí-la quando se apagavam as luzes do cinema, nos banquetes de gregos e romanos, entre cachos de uva e ânforas de vinho, maltratada por mãos e bocas de nobres corrompidos.

Buscava-a no mais fundo de minhas lembranças, apontada pelos dedos esguios da mãe, na gravura representando uma Eva tentada e tentadora. Nunca mais a reencontrei onde a vi pela primeira vez, do jeito que me habituei a imaginá-la, longe da cobiça dos outros, apenas minha, um deleite exclusivo.

Legiões se sucediam nos cinemas, trácios digladiavam-se com frígios, vinte mil ilírios sacrificavam-se para diversão da plebe e dos imperadores romanos. O Coliseu prenunciava os campos de futebol do mundo moderno, as disputas entre cores beligerantes. Ciro, Aníbal e Gengis Khan invadiam cidades e conquistavam o mundo. Apenas minha sonhada conquista nunca se realizava.

Consolava-me a ilusão de que poucos a tinham possuído na cidade. A inveja tornava-se menos vergonhosa, o despeito aceitável. Para os outros ela também se oferecia apenas em imagem: abundante e rubra, intocável e distante, muitas vezes envolta num misterioso manto azul.

Na reprodução de uma tela de Ticiano Vecellio, conheci-a de perto, em pleno furor da adolescência, quando buscávamos a nudez feminina para deleite solitário. Mágica aparição entre os dedos de uma Eva gorda, atiçando um prazer que nossas mãos bem treinadas sabiam alcançar. Em nossa ousadia, chegávamos mais longe que o Adão barbudo, com o sexo camuflado por folhas, tocando apenas de leve a mama intumescida de Eva.

Meus primos nem reparavam nela, ligados noutras minúcias eróticas. Isso amenizava meus ciúmes, me tornava seu amante exclusivo. Ainda não subíamos aos cabarés, onde putas apressadas saciariam nossa fome de sexo a troco de pagamento. Essa estreia humilhante demorou algum tempo. Antes dela, o sonhado encontro aconteceria.

Valendo-me da fama de menino prodígio, das boas notas no boletim escolar, pude conhecer o que o dinheiro da família não permitia. Entrei na casa de pessoas ricas, aonde em vão esperei encontrá-la. Dancei ao som da orquestra de Glenn Miller, ouvi Billie Holliday e o blues, escutei Nat King Cole cantando em espanhol deplorável e passeei num automóvel americano com o único crédito do meu ar desamparado.

Procurei-a sem esperanças até conhecer Sílvia, a filha do proprietário de um cotonifício, a quem eu ensinava tarefas de matemática. Sabendo de minha obsessão, ela prometeu:

— Vou lhe dar.

— Jura?

— Juro. Espere a próxima viagem de meu pai.

Não senti o menor pudor em demonstrar a exaltação de garoto. Sílvia olhava-me sorridente. Às vésperas dos quinze anos, ainda não compreendia o buraco negro de um estômago ansioso. Se raios luminosos irradiassem de seus olhos verdes-esmeralda, reproduziriam o quadro de um anjo anunciador pendurado junto à minha cama.

— Santo Anjo do Senhor, vós anunciastes o Verbo Encarnado, esse que me queima por dentro de puro desejo...

— Tenha calma! Meu pai viaja toda semana. Agora, me ensine a tarefa.

Buscava concentrar-me na geometria, mas o coração alçava voo nos aviões da Real, onde aeromoças de uniforme azul serviam comidas de sabor estranho em bandejas com miniaturas de garfos, facas e colheres, raridades que valiam dezenas de figurinhas de minhas coleções. Os álbuns nunca se completavam por conta desses objetos de plástico que eu trocava por figurinhas, pelo simples motivo de terem viajado nos ares e vindo de muito longe.

— Jura? — tornava a perguntar, os olhos lacrimejantes, atrapalhado nas equações da álgebra.
— O quadrado da hipotenusa é igual à soma dos quadrados dos catetos?
— Só respondo se você jurar novamente.
— Juro.

Sílvia tolerava o assédio e recebia aulas de matemática. Eu me perdia em números de voo, horas de partida e chegada, dias e lugares, códigos indecifráveis para um menino que nunca ultrapassara os limites da cidade.

— Espere a próxima viagem e ela será sua. Prometo.

* * *

Frustrado na promessa, eu voltava a possuí-la na garagem dos primos, recompondo o desenho antigo e gemendo em espasmos de gozo.

Perambulava por ruas, em devaneios e buscas. Na missa, agitava um turíbulo cheio de brasas vermelhas lembrando o inferno. Envolto na fumaça do incenso, ouvia ameaças de um padre colérico. Distraía-me e recitava o *introibo ad altare Dei*, quando a missa já estava no final.

— Filho, mais atenção ao latim. Sua língua parece trôpega.

Imaginava-a entre os anjos que subiam ao altar luminoso da Virgem para coroá-la de pequenas rosas. As mãos dos anjos eram iguaizinhas às de Eva, segurando-a com sofreguidão. Nos sonhos, outras mãos arrancavam penas das asas angelicais, desfaziam a faixa de cetim dourado e a túnica branca do Serafim, em meio a fogos de artifício, luzes e música profana.

Absorvido em trabalheiras, o pai não me enxergava. O irmão trocara o cavalo por uma bicicleta e a rua era seu mundo. A mãe corrigia cadernos de alunos e apenas vez por outra me olhava consternada, sem compreender minha excitação e desamparo. Ficara para trás o tempo em que nós dois folheávamos a *História sagrada*, envoltos numa aura de ternura.

Sílvia me evitava, renegando a promessa de pôr fim à minha insanidade. Tornava-se cada dia mais bonita, enquanto eu definhava de tanto frequentar a garagem dos primos.

As tarefas esquecidas, arriscando-me a deixar de ser o aluno mais brilhante do colégio, eu passava em frente à casa de Sílvia vinte vezes por dia buscando adivinhar o que se ocultava por trás das venezianas. Sem esperança olhava o céu, supondo-a no interior de alguma nave, guardada para mim. Pediam-me paciência, mas essa virtude eu nunca possuí. Voltava a sonhar com o pássaro de metal pousado longe, um avião de asas abertas na pista negra de asfalto, aberta por tratores no topo de uma serra, em meio aos restos de uma floresta atlântica.

Separada de mim por um portão de ferro, vi Sílvia e me arrisquei a perguntar por ela, outra vez. Seus lábios falaram o que eu tanto desejava ouvir:

— Meu pai chegou de viagem. Vou buscar lá dentro.

Apavorado, quis correr, mas Sílvia já estava de volta, trazendo-a envolta no véu que eu haveria de jogar fora mil vezes, nas mil vezes em que voltaria a tê-la entre as mãos, para um deleite sem culpas, quando caminhões corriam livremente por rodovias pavimentadas, transportando caixotes de madeira com misteriosos nomes estrangeiros.

— Toma!

A cena do paraíso se repetia. O menino voltava a perguntar ao pai:

— E esses?
— Adão e Eva tentados pela serpente.

Milhares de anos de história se projetavam em meu cérebro, enquanto estirava a mão, sem coragem de segurá-la. Eu a vira de tantas maneiras e agora ela se entregava a mim, rubra, tentadora.

Quis chorar. Não iria tocá-la.

— Pega, é tua.

Sílvia não alcançava minha covardia.

— Pega, senão levo embora.

Agarrei-a bruto, possesso. Adão repetia o gesto milenar, segurava entre as mãos uma maçã. Vinda de longe, da Argentina.

1972/2010

Homem buscando a cura

Kali carbonicum, leu no rótulo do vidro. Em seguida, abriu-o e deixou caírem três glóbulos na tampa, tendo cuidado para não tocá-los com os dedos. Tomando as mesmas precauções, despejou-os embaixo da língua, fechou os olhos e sentiu o gosto açucarado das bolinhas brancas. Esmerava-se tanto no ritual, que mais parecia um sacerdote ministrando a comunhão. Faltava somente o cálice e a patena. A fé religiosa era a mesma.

Na página duzentos e vinte e seis do "Tratado de Homeopatia" estava escrito, em letras bem grandes: medo de solidão, tristes pressentimentos sobre o futuro e, mais adiante, o grande achado: sono de aparecimento súbito. O padre Francisco Limeira riu satisfeito. Acertara em cheio, dessa vez. À noite, poderia reger sem vexames o seu amado coro de seminaristas. O *Tantum Ergo* voltaria a ser cantado com o mesmo brilho das celebrações antigas. Era um pesquisador obsessivo, por muito pouco não se formara em medicina e tinha certeza de que não se enganara na escolha do medicamento.

Às sete e meia da noite, Francisco foi carregado às pressas para a sacristia. Adormecera entre incensos e o tilintar das campainhas, no momento em que o vigário elevava o ostensório com o Santíssimo Sacramento e ele se arrumava para reger o *bendictus O Senhor é Santo*. Foi caindo devagar, inclinando lentamente o corpo para a frente, até apoiar-se na estante de partituras. Ali mesmo adormeceu e continuaria dormindo por bem mais tempo se não o carregassem às pressas.

Já tentara *Pulsatilla*: disposição dócil, condescendente, suave. Experimentara *Sulphuricum acidum*: sensibilidade ao frio, acidez do estômago, dores lombares. E até *Natrum muriaticum*. Tudo sem resultado, constatava deprimido. Esquecia o fundamento elementar da homeopatia: no início do tratamento os sintomas podem se exacerbar, em vez de desaparecer. O agravamento seria o sinal de que o remédio estava atuando. Mas o enfermo não esperava os resultados. Tinha uma fé apressada; desejava a cura milagrosa. Já acordava com o "Tratado" nas mãos, procurando descobrir sua cura.

O sono chegara sem pródromos, pontualmente às sete e meia da noite, numa Sexta-Feira Santa, na vigília ao Senhor Morto. Limeira foi amparado por um seminarista, que o sentou num banco e enxugou o suor de sua testa. O vocal monódico do canto gregoriano atravessou o compasso, pela falta de regente. Atribuíram esse primeiro desmaio ao calor excessivo dentro da igreja e ao cheiro forte dos círios queimando. Discretamente, abriram a batina e a camisa do padre, expondo um peito branco e ossudo. As beatas baixaram os rostos, constrangidas, e alguns devotos não conseguiram disfarçar o riso. O mestre de cerimônias deu sinal para que a liturgia prosseguisse, enquanto o padre adormecido era carregado para a casa paroquial. Temeroso de outros vexames semelhantes, o bispo proibiu que Limeira regesse a Missa de Aleluia. Um barítono sem muita experiência assumiu o lugar do mestre.

Na novena de São José, o sono manifestou-se. Como uma fatalidade, repetiu-se na missa de jubileu de ouro do arcebispo e na bênção de anéis dos bacharéis em direito. O mesmo sono impediu Limeira de saborear doces primorosos nas bodas do prefeito. Eram tantos prejuízos que ele até procurava esquecer. O prenúncio da noite o deixava inquieto. Esperava a hora fatídica como quem espera uma desgraça. O sono doentio vinha pontualmente como a morte e não o deixava em paz uma única noite.

O coro do seminário sempre foi sua maior alegria. Músico provinciano de formação clássica, Francisco Limeira sonhou com o virtuosismo no violino. Aos vinte e cinco anos teve de abandonar o instrumento e dedicar-se ao alaúde. Uma tuberculose destruiu seu pulmão direito, deixando-o com a respiração frágil. Cansava às manobras do arco e sentia insuportáveis dores nas costas. O alaúde exigia menos esforço.

Com disciplina e muitas horas de estudo, em poucos anos tocava bem.

O grande prazer de Limeira era mesmo o coro de seminaristas, que ele regia como se estivesse num teatro de ópera. Mas o sono o impedia de fazer o que mais gostava. Recebeu as condolências do bispo, a estima do reitor e a visita de vários médicos. Não obteve melhora. Às sete e meia da noite, como a pior das fatalidades, com a precisão do movimento do sol e dos ponteiros do relógio, o padre caía dormindo onde estivesse.

— Narcolepsia! — sentenciou um médico neurologista de bigode fino.

— Narcolepsia! — repetiram seus colegas médicos, todos eles neurologistas de bigodes finos. Tinham chegado ao diagnóstico e bastava. A cura representava uma questão secundária.

Não estranhem esse mundo de igrejas e vocábulos em latim. Tudo parece anacrônico e, no entanto, faz bem pouco tempo que aconteceu. Os grãos de areia da ampulheta, marcando os segundos e as horas, os trabalhos e os dias, mudam de lado muito depressa. O tempo adquiriu uma outra medida, mais ligeira e fugaz. As palavras também se transformaram, ganharam significados novos, diferentes do que representavam antes. É difícil explicar. As portas já nem se abrem com chaves. O que era já não é. E vice-versa.

A homeopatia veio por acaso. Chegou dentro de um baú de couro e tachas de cobre, espólio de um padre falecido numa cidade próxima: três livros volumosos, de capa preta e letras douradas com o título de *Matéria médica homeopática*. Eles nunca mais saíram de perto de Limeira, que se ocupava com os livros a ponto de esquecer o breviário. Numa noite em que jantava no refeitório, o vigário chamou a atenção do padre sonolento para o sacrilégio. Limeira desculpou-se e teve o cuidado de ler os tratados médicos apenas no seu quarto.

Nada de drogas químicas. Obtinha-se a cura através de princípios de energia, o organismo reagindo como um todo, modificando-se e curando-se. Limeira procurava seu constitucional, a *Nux vomica* ou *Silicea*, que o ajudasse a ficar livre do pesadelo. Consumia as manhãs e as tardes em leituras intermináveis. Como descobrir seu medicamento específico em mais de mil remédios diferentes e ao mesmo tempo tão parecidos. Diferenciavam-se em particularidades de sintomas: sudorese noturna fria ou sudorese noturna quente; boca amarga com saliva ou boca amarga seca. Detalhes para um especialista, um médico experiente. Se pelo menos o dono dos livros ainda fosse vivo. Mas já morrera havia tempo. Chamava-se padre Climério e exercera a profissão de homeopata com bastante competência. Centenas de sofredores conheceram a cura através dele. Incansável, receitava da madrugada ao anoitecer e não cobrava um centavo de ninguém.

— Um santo! — suspirava Limeira, lembrando sua vidinha de regente de coro, tão feliz antes, tão atormentada agora.

Esqueceu o banho semanal na nascente de águas ferruginosas. Ausentou-se dos descansos na calçada do seminário. Trocou *O quam mirabilis est* por *O quam preciosa*, na ladainha rezada às seis da tarde, em louvor da Virgem Maria. Foi visto perambulando pelos corredores, em plena madrugada, abraçando os três volumes de capa preta. E o mais grave: deixou de comparecer ao refeitório comunitário e passou a receber as refeições no quarto.

— Irremediavelmente alienado! — cochichou o reitor para o bispo, numa visita pastoral.

— Irremediavelmente perdido! — corrigiu o bispo, já enfadado pela longa carta que teria de escrever ao arcebispo, pedindo um novo padre regente.

Alheio aos fuxicos e comentários, Limeira amargava os dissabores do pontual sono de todas as noites.

Teve um sonho em que era menino e entrava no Cartório de Registros da pequena cidade onde nascera. Segurava nas mãos um livro muito velho, de páginas amarelas. Aproximava-se do escrivão e dizia ter vindo registrar a morte de

Francisco Limeira, ele próprio. O escrivão olhava para ele sonolento e perguntava com quantos anos morrera.

— Noventa e sete anos — respondia.

Acordou molhado de suor, o corpo tremendo. Lembrou o sonho, pensou nos cinquenta anos que acabara de completar e nos quarenta e sete que ainda lhe restavam viver. Depois se perguntou o que significavam todos aqueles números. Seria algum sonho premonitório, uma revelação do além? O número quarenta e sete não lhe saía da cabeça. Pulou da cama ligeiro e agarrou o "Tratado de Homeopatia". Estava escrito na página quarenta e sete, bem legível, no melhor dos latins: *Phosphorus*.

Mandou preparar uma dose única do medicamento, pôs os glóbulos debaixo da língua e esperou. Na noite seguinte, como há tempos não acontecia, regeu o coro com o brilho de um maestro italiano. No fim da missa, foi abraçado pelo bispo.

Estava curado.

1983/2010

Homem perde cabelos no mês de setembro

Andava em meio às cadeiras do escritório vazio e não esbarrava ao acaso. Quando era menino, corria em tardes de chuva, em prenúncios de tempestade.

— Qualquer dia desses, um raio acerta no meio de tua cabeça — a mãe costumava falar. — Abre o teu cérebro em duas bandas: hemisfério direito e esquerdo, oriente e ocidente, sensibilidade e lógica. Ficam à vista circunvoluções de massa branca e amarela, extensas cordas de neurônios.

Pela sala, novelos de cabos espalhados entre mesas, cadeiras e armários lembram lianas balançando nas copas elevadas da Floresta Amazônica. Durante centenas de anos as árvores crescem para o céu. Os fios cibernéticos se emaranham como as ideias de quem fumou liamba.

Mas ele não se enreda num só fio, nem quando passa a mão na cabeça, como se ainda possuísse a cabeleira escura, perdida em travesseiros e almofadas. Move-se com a precisão de um cego que dispensa a ajuda do cão labrador e caminha firme por avenidas de edifícios altos, sem desviar-se um centímetro da rota.

A televisão ligada.

Duas torres gêmeas desmoronam em Nova York.
Primeiro, uma; em seguida, a outra. Dois raios caídos do céu.

Os americanos de todas as nações, em qualquer era sobre a terra, provavelmente têm a natureza poética mais completa. Os Estados Unidos são essencialmente o maior de todos os poemas. De agora em diante, na história da terra, os maiores e mais agitados poemas vão parecer domesticados e bem-comportados, diante da sua grandeza e agitação ainda maiores — proclama o poeta Walt Whitman.

Bem que a mãe avisara, nas tardes prenunciando tempestade, quando saía para a rua. "Não vá", mas ia. "Não corra", mas desembestava. "Não duvide", mas era bastante autossuficiente.

Ouviu World Trade Center, parou diante da televisão. Continuava sem ver. Os números na cabeça lisa, subtrações e divisões, débitos que o escritório vazio não saldava nunca. Centenas de folhas de papel espalhadas, fichas de matrícula, planilhas. De que valia a memória dos computadores se continuava existindo papel?

Ligam uma motosserra e o barulho estranho à floresta se impõe ao silêncio.

Tombam duas árvores gigantescas na Amazônia.

As árvores nunca sonharam alcançar o céu, nem dominar o planeta.

Ele desconhecia o projeto das torres gêmeas de Nova York, erguidas por homens de pura raça americana, grande e robusta gente, a mesma que produziu a teoria do Destino Manifesto:

A América do Norte e sua democracia estão destinadas, pela divina Providência, a se espalhar por outras partes da América e do mundo.

A história acontece diante de seus olhos, mas ele só enxerga os números, a perversa burocracia de um ministério, para o qual trabalha. Jura nunca mais entrar numa situação adversa. Imagina-se discípulo do filósofo Ralph Waldo Emerson; acredita que sua individualidade é um fragmento do eu universal. Nele, a intuição prevalece sobre a razão, e a alma não passa de um fractal, uma forma geométrica de aspecto irregular e fragmentado, que pode ser dividida indefinidamente em partes, as quais, de certo modo, são cópias reduzidas do todo. Lera a definição de fractal num dicionário, aumentando suas convicções.

Escuta a voz de um locutor:

— Pela primeira vez, ferem os Estados Unidos no seu próprio território.

Cada indivíduo é um Cosmos, e a natureza está cheia de símbolos espirituais. Quando ferem um indivíduo, em qualquer latitude, instaura-se o Caos. É necessário um longo tempo e a consciência do crime para que o Cosmos seja novamente instaurado. Não lembra de onde retirou a citação, talvez da *Paideia* do alemão Werner Jaeger. Com certeza não foi. Certamente é a fala de algum personagem trágico. Édipo, quem sabe?

Os números não batem, os computadores recusam a prestação de contas.

Explodiram valores e visões.

O dinheiro não será repassado pelo ministério. Ele não dispõe de recursos para pagar aos professores que trabalharam quatro meses sem descanso. Envolto na obsessiva nuvem aritmética, nos destroços de contas, perde o bonde da história. O bonde? Eram dois aviões. Primeiro chocou-se um, logo em seguida, o outro. Sequência óbvia. A televisão repete as imagens. O cérebro grava.

Se uma perna dói, o restante do corpo não existe. Só a perna existe. Só os números do ministério contam para ele. As notícias do mundo caem na indiferença se um órgão do corpo dói.

Precisa rever as contas, as torres ficam para mais tarde. Dentro de alguns meses sentirá o primeiro abalo nos dois hemisférios da cabeça: as faturas sem pagamento, o choque, a queda. Todo homem é um poeta, mesmo quando a sensibilidade está obscurecida pelos números. Enlouquece com os atentados poéticos ordinários.

— Serão necessários muitos anos para se incorporarem as mudanças provocadas pelos atentados.

As árvores que tombam na Amazônia são formas da mais pura natureza, um duplo de nossa psique, gêmeas como as torres explodidas em Nova York. Melhor deixar os números de lado e sair à procura de imagens poéticas mais felizes, pois só os poetas dizem e nomeiam o mundo. Tomba a forma, fica o pensamento. Na ordem da criação o pensamento é anterior à forma. Quem escreveu isso? É preciso referir o autor. Tomara não o acusem de plágio.

Enquanto não resolve a prestação de contas, encaminha as bagatelas do universo pessoal.

Desliga a televisão.

A história nada mais é do que uma sucessão de quedas — escreve num papel, achado ao acaso. Duas folhas brancas entraram pela janela, trazidas no vento, logo após as explosões. Primeiro, uma. Depois, outra.

Homem-sapo

— Luz, câmera, ação!

Pedro Paulo, que mijava distraído, foi arrebatado pelo clarão dos faróis do carro. Virou-se e gritou:

— Apague a porra desses faróis!

Mas o carro já estava em cima dele. Sentiu o para-choque dianteiro quebrando suas pernas e caiu. Antes de morrer, esmagado pelas rodas da Ferrari, duvidou se era Sapo quem dirigia. Depois ficou tudo escuro.

— Corta!

Pedro Paulo encontrou os cinco rapazes em Itaquera, bairro da zona leste onde costumava pegar meninos. Foram comer galeto num boteco com radiola de ficha. O de cara de sapo chamou sua atenção. Nunca decorava os nomes dos meninos, nem se amarrava num mesmo parceiro. Achou mais fácil chamá-lo de Sapo, porque era feio e repulsivo, além de ter um jeito enviesado de levar os pedaços de carne à boca.

— Sapo tem quantos anos?
— Dezessete.
— E topa parada?
— Topo.

— Corta!

Pedro Paulo saiu do carro, irritado. Sapo não aceitava fazer o que ele desejava e o pau doía de tanta excitação. Precisava mijar para aliviar a dor. Estacionara num terreno baldio e escuro, fora da cidade. Detestava motéis. Afastou-se do carro, andou uns metros e virou-se de costas. Botou o pau fora da calça e esperou que o mijo viesse. Sentiu cheiro de capim molhado e por trás desse cheiro um outro mais antigo, de currais em noite de chuva. Olhou pro céu, viu as estrelas e lembrou que havia muito tempo não olhava para cima. Arrotou a cerveja que bebera e teve nojo de si mesmo. Sabia que depois dos segundos de orgasmo desejaria estar longe dali e nunca mais ver o rosto desagradável de Sapo. Passado pouco tempo, voltaria a procurar os rapazes como um viciado retorna às drogas.

Ouviu o carro sendo ligado e deixou para lá. Quando era menino, costumava ligar o Jeep do tio. Onde Sapo aprendera a dirigir? Em algum lava a jato ou puxando carros? Pedro Paulo espantou-se com o próprio cinismo. Corrompera-se e arrastava consigo, todos os dias, uma legião de almas danadas como a sua.

— Apague a porra desses faróis!

— Corta!

Se conseguisse não sentir tanto remorso... Mas não deixava de senti-lo um minuto, principalmente quando rodava seus filmes engajados, panfletos sociais em defesa do povo, o mesmo que paria os rapazes com quem transava a troco de um galeto e uma cerveja. O carro veio em cima quando tentava se livrar de uns fiapos de carne, presos entre os dentes, e da náusea em que chafurdava havia anos.

— Apague a porra desses faróis!

A lanterna do tio em cima dele e do amigo. Os dois meninos deitados no palheiro de milho, saciando a mesma fome de sexo que nunca se apaziguava, fornalha de boca escancarada, engolindo, engolindo, engolindo...

— Vocês vão pro inferno!

Antes de chegar lá, passou pelo confessionário do padre, que não teve a menor compaixão do seu pecado e acusou-o publicamente de sodomia, no sermão da missa de domingo.

— Corta!

Luz, câmera, ação!

— Primeiro o para-choque, quebrando as pernas. Depois os pneus, esmagando a cabeça. Bem rápido! Um travelling de avanço e um recuo. E uma imagem para ilustrar os segundos da morte. Que imagem? A mãe paralítica, na cadeira de rodas. A boa senhora veio com ele para São Paulo, querendo limpar a barra do filho bicha, banido da cidade de interior onde nasceu. Um depoimento da velha mãe. Ela dirá: meu filho era bom e sofria por viver essas contradições. Filiou-se ao Partido Comunista e morria pela causa do povo. O cinema e a literatura que fez estão aí para provar. Foi uma vítima do capitalismo. Era um santo.

— Talvez seja importante acompanhar os pensamentos do cineasta nos seus últimos segundos de existência.

— Quem mede o tempo do sonho? Pensamento é sonho.

— Ele pode falar de um projeto que não realizou, de um roteiro inacabado. Propor uma nova técnica de enquadramento.

— Luz, câmera, ação!

Pedro Paulo sentiu vontade de mijar e andou até a beira do caminho, aspirando o cheiro fresco do mato. Todo o seu desejo havia cessado. Experimentava uma liberdade insuportável. Sapo e o carro ficaram para trás. Desejou continuar andando, até livrar-se do impulso que parecia redenção, mas era morte. O cinema seria esquecido, a literatura abandonada. Chegaria à cena perfeita, ao silêncio absoluto congelado em imagem, para sempre.

— Corta!
— Não é melhor repetir?
— Impossível ficar melhor.

Prescindiria dos Sapos, da embriaguez dos sentidos e da política. Só a Natureza é sagrada — pensou. Tudo é sagrado. O sacrifício de uma vida só é justo se Deus voltar a falar com os homens.

— Rápido, Sapo, acenda os faróis!
— Onde fica o botão?
— Ah, esqueci! Você é um fodido, não tem carro. O botão fica embaixo do volante.
— Achei! É aqui!
— Depressa, arranque! Aproveite que ele está distraído e de costas.
— Assim mesmo, sem gritar nada?
— Ele está esperando morrer. Não negue o que ele mesmo pediu.

— Corta!

— Caralho! Tem de ser ligeiro. No tempo em que ele sente a vontade de morrer e o impulso de viver novamente.

— Luz, câmera, ação!

Pedro Paulo caminha sereno. Experimenta a paz de quem não tem desejos. Quando os faróis do carro de luxo se acendem atrás dele, para onde se encontra, não esboça um gesto e nem diz uma única palavra. Parece aguardar o ins-

tante de libertação. Primeiro sente o baque surdo do para-
-choque quebrando suas pernas. Depois os pneus esmagando
seu corpo frágil de homem, que nunca perdeu a inocência de
menino.

A luz forte dá lugar ao escuro de uma noite sem
estrelas.

— Corta! Perfeito. Continuaremos amanhã com outros personagens.

Homem sentado no meio-fio

Para Cristhiano Aguiar

Dizem que não aprecio as cidades. Pura invenção. Costumava caminhar pelas ruas antigas do Recife como quem percorre as galerias de um museu: olhando quadros e enxergando o que se oculta por trás de pinturas emolduradas. Recife é um palimpsesto de aquarelas submersas na caliça úmida das paredes e na lama do mangue. Basta remover a tinta de uma porta arruinada para surgirem imagens extravagantes. Eu me alheava do mundo procurando recantos escuros aonde a luz do sol e dos postes nunca chegou, igual a um cão farejando sobras de comida. Meu prazer consistia em revirar tonéis repletos de tudo o que se imagina lixo.

Ia da ponte mais distante sobre o rio Capibaribe até a rodoviária. Nunca mais fiz o percurso. O terminal mudou-se para longe do velho centro e eu também me transformei: agora prefiro o interior seguro de um carro refrigerado. Deixo de ver cenas que se mostram apenas aos andarilhos. De carro, não veria a anã sentada no caixote, em frente ao pardieiro. As casas ainda possuíam entrada lateral, um pátio onde se plantavam romãzeiras que não produziam além das flores. Romãs e tâmaras, nostalgia de um passado oriental de mascates sírios e libaneses.

A anã recostava-se na parede frontal da casa com porta e janelas para a rua. Não lembro se cantarolava uma cantiga de roda, enquanto esperava alguém. Suponho que sim, do mesmo modo que imaginei ter visto além das janelas, numa cama desarrumada, dois gatos se enroscando entre lençóis puídos. Ou seriam dois bebês, um preto e um branco? Os bebês eu vi em outra casa do bairro, numa festa carnavalesca, há muitos anos, quando atravessei os corredores de um sobrado ameaçando cair. Meus amigos garantem que sofri uma alucinação, pois sempre fui dado a visagens. Mas juro ter visto o quadro estranho, com a lucidez de um assombrado.

Os dois meninos lembravam os santos Cosme e Damião. Mais tarde, investiguei a mitologia dos orixás e compreendi tratar-se dos Ibejis, gêmeos travessos que brincam com fogo. Na casa, praticava-se a religião africana e certamente os dois bebês estavam de visita. Descobri nos livros que até mesmo a morte os dois peraltas enganaram, quanto mais um sonhador e aluado como eu.

No carnaval, alguns foliões abriam as residências para os blocos do Recife, oferecendo comida e bebida. Não pediam nenhum dinheiro em troca, queriam apenas o gozo da festa. A dona da casa onde vi os meninos estranhos, uma negra criada no culto aos orixás, recebia os brincantes por prazer e tradição. Ela pertencia à terceira linhagem de escravos libertos, mas ainda guardava na memória a fala ritual de sua gente. Cantava e rezava em nagô, mesmo sem saber o significado das palavras que se acostumara a repetir.

No dia em que tive a miragem dos gêmeos, tomamos a casa de assalto. Era assim que chamavam a entrada dos blocos nas residências amigas: assalto carnavalesco. Os músicos largaram os instrumentos, os passistas encostaram o estandarte e o abre-alas do bloco na parede, pois só pensavam em comer e beber. Suarentos e embriagados, comprimiam-se em torno da mesa repleta de frutas, sucos e carnes. Alguns teimavam em cantarolar pedaços de canções, velhas marchas repetidas ao longo dos anos. Quase morrendo de sede, tentei pegar um suco de melão. Mas os foliões excitados e famintos não abriam um espaço na mesa para mim. As melancias, as mangas, os sapotis e as laranjas se afastavam para mais longe; os bolos de macaxeira, o mungunzá e as tapiocas se transformavam em desejo e saliva em minha boca.

Sou empurrado para fora do círculo da mesa; fico tão distante que os sapotis e as mangas viram pinturas de uma natureza-morta. Desisto. Deixo para trás os glutões de Momo e me aventuro casa adentro. Caminho por um corredor longo e estreito, como um sonâmbulo que não se perde nem esbarra nos obstáculos. Já estive ali em outro tempo? Só se foi em sonho. Há uma profusão de quartos de ambos os lados, portas abertas e fechadas, armários, cadeiras, trastes indecifráveis na penumbra. Numa cama velha de casal, avisto os dois bebês engalfinhados, um preto e um branco. E sete passos adiante, numa sala iluminada por uma lâmpada presa ao teto, três pretas velhas bebendo aguardente em volta de uma mesa.

— Quer? — me oferecem.
— Obrigado, mas não bebo cachaça.

As três riem do meu acanhamento. Uma delas comenta:

— Você não sabe o que perde.

Sei que perco nuances de um Recife de belezas e armadilhas. Prefiro fechar-me num carro blindado.

— Quem são os dois meninos na cama? — pergunto.
— Ah! Os meninos. O senhor viu?
— Vi.

Elas gargalham em coro e entornam a bebida de goela abaixo.

— Se o senhor viu é porque nem tudo está perdido.

E bebem mais cachaça e riem com descaramento de minha cara surpresa.

Do jeito que agora rio da anã, sentadinha no caixote. Também espero acontecimentos no beco estreito apinhado de sobrados, onde antigamente mascates expunham peças de damasco e tafetá de seda, e as mulheres trocavam temperos de uma cozinha para outra, apenas estendendo os braços nas sacadas: pimenta por cravo-da-índia, noz-moscada por alecrim, cardamomo por sálvia.

Sento no meio-fio e ninguém estranha meu gesto. O nariz rastreia cheiro de merda por baixo do perfume de mijo das calçadas e ruas sujas. É o cheiro do Recife. Sinto-me um arqueólogo de sensações, investigando a propriedade dos corpos emanarem partículas voláteis, capazes de provocar abalo no olfato humano. Aspiro cheiro de santidade e latrina acumulado em quinhentos anos de construções e desabamentos, revoluções e esbórnia, com o mesmo fervor e devoção.

— Já comeu?
— Comi — respondo mentindo.
— Comer é importante. A comida sobrou da obrigação do Santo, mas não é sobejo. Coma sem nojo.

As pretas se referem à mesa posta para os brincantes, a que não consegui alcançar, apenas ver de longe e sentir desejos. Frutas, cereais e carnes da culinária nagô, na casa onde se festejam os orixás e o carnaval.

— Então, beba.
— Desculpem, não bebo cachaça.
— Nem oferece ao Santo?
— Não sou devoto.
A mais gorda comenta:
— Mas vê coisas. Imagine se fosse.
Todas gargalham alto e bebem mais lapadas.

A anã se mexe no assento improvisado. Nem observei que entrara em casa, trazendo uma garrafa de cerveja. Distraio-me com facilidade. A mulherzinha provoca turbilhões nos meus pensamentos, me desvia do projeto de chegar à rodoviária e enviar uma encomenda para a cidade onde nasci, um lugar bem longe, diferente do Recife que busco atravessar, mas não consigo.

— Queridos pais, segue...

Não contava com o obstáculo do caixote, a cena que manda ao inferno meus deveres de filho.

— Queridos pais: saí do apartamento com o propósito de enviar os remédios de vovó, pedidos para comprar aqui, porque o preço é bem mais em conta. Atravessei ruas de casas que já foram habitadas por famílias e se transformaram em comércio, numa vocação de mascatear que o Recife possui desde sua fundação. Passa de sete da noite, baixaram as portas corrediças das lojas, e pelas janelas entreabertas avisto retardatários arrumando mercadorias. Não sei o que eles pensam e essa ignorância me inquieta. Sinto-me perdido em meio a frutas podres, esgotos, lixo e cães vadios. Não consigo ir além de uma linha divisória: um caixote onde uma anã sentou-se, como se fosse rainha do mundo. Quem essa mulherzinha pensa que é? Reconheço, aterrorizado, uma grandeza que antes me escapava. Minhas pernas tremem.

As três mulheres em volta da mesa bebem mais copos de aguardente, como se bebessem água. Nas paredes, velhos estandartes de clubes e blocos acumulam poeira. Num nicho de pedra, uma vela acesa para não sei que santo ou finado.

— E o que você faz aqui?
— Vim atrás do bloco.
— E saiu bisbilhotando.
— Desculpem, é um vício de menino.

Estacionou um automóvel numa casa vizinha à da anã. Uma senhora sai, entrega um pacote ao motorista e recebe dinheiro. O automóvel se afasta explodindo o escape. A senhora cumprimenta a anã. Ouço a pergunta:
— E ele?
Um estampido mais alto não me deixa ouvir a resposta.

Descubro casas habitadas por moradores escondidos e anônimos. Eles reinventam a antiga arquitetura, improvisam cozinhas, salas, quartos e banheiros; criam hábitos inexistentes, calendários e relógios em descompasso com o tempo da cidade.

— *E o Recife adormecia*
ficava a sonhar
ao som da triste melodia.

Escutei perfeitamente. A anã cantarola uma marcha de bloco, a mais famosa, entre um gole de cerveja e uma baforada de cigarro. Olha para o meu lado, mas não é a mim que espera.

A porta de uma casa se abre. Um homem acompanhado de seu cão joga sacos de lixo na calçada. Entra de volta e fecha a porta. Sinto-me acabrunhado e sozinho. O que ainda me prende nesse lugar de sombras? Se me puser a caminho, alcançarei o ônibus para minha cidade. Mas não consigo transpor a linha imaginária que delimita o lugar marginal onde eu e a anã nos sentamos, esperando alguém.

Ouço passos atrás de mim, mas não deve ser ele. Nunca o imaginaria sorrateiro, oculto pela sombra dos paredões. Ele chegará à nossa frente, cansado e feliz. Já de longe sorrirá para a anã, que o reconhecerá pelo cheiro de graxa da roupa, pelo assobio fino, pelo jeito macio de caminhar.

É mesmo ele quem chega igualzinho a todas as noites. Levanto-me como no cinema, antes do beijo final. A anã também se levanta do caixote, vai ao encontro do homem e estende a mão. Se fosse um pouquinho mais alta, enlaçaria a cintura do amado.

Cruzo com os dois sem cumprimentá-los. Olho uma última vez para trás. De costas, eles formam um casal harmonioso. Parecem gêmeos.

Retrato do autor num posfácio

Devo a Plínio Martins a ideia de publicar contos antigos, guardados em gavetas para o esquecimento. A essas narrativas, algumas de quase quarenta anos, juntei a produção mais recente. No começo fiquei temeroso de que os vinte e dois contos selecionados não tivessem unidade. Descobri em todos eles a presença de imagens do teatro, cinema, de fotografias, pinturas, gravuras, desenhos e tatuagens.

O conto que dá nome ao livro, "Homem folheia álbum de retratos imorais", já havia sido escrito na forma de crônica, para a revista *Continente*. Nela, relatei a história de um paciente de hospital público a partir de um álbum de fotografias que ele folheava todas as horas. Fiz várias tentativas sem sucesso de transformar a crônica em conto, até que li *Yossel Rakover dirige-se a Deus*, de Zvi Kolitz, e folheei o livro de fotografias *Brasília teimosa*, de Bárbara Wagner. Da mesma forma, reescrevi "Romeiros com sacos plásticos", de 1978, depois que vi as imagens de Patrick Bogner sobre os romeiros de Juazeiro do Norte, no Ceará, em *À la quête de l'ange — ícônes du quotidien*. E a novela "Duas mulheres em preto e branco" não seria possível sem as fotografias de Robert Polidori.

Em vários contos, o olhar sobre ruas e interiores de casas desencadeia o fluxo narrativo, porém a sugestão também pode vir de uma leitura. "Homem atravessando pontes" surgiu depois que li uma entrevista de Edna O'Brien a Philip Roth e em "Toyotas vermelhas e azuis" intercalo o enredo com citações do amigo psicanalista Paulo Medeiros, que nos abandonou tão cedo. Incorporo muitos outros autores, quase sempre referindo as fontes, mas é possível que alguma frase ou atmosfera tenha escapado ao registro.

Os *Retratos imorais* não se prendem a um modelo comum de narrativa que caracteriza o conto, podendo assumir o formato de ensaio, crônica, anedota e até mesmo perfil biográfico. Para mim, escrever tornou-se uma maneira de visitar várias formas de arte, de me apropriar do legado dos bens de cultura como fazem com bastante liberdade os artistas populares.

Agradeço a amizade e a generosa leitura de Conrado Falbo, Cristhiano Aguiar, Everardo Norões e Rodrigo Lacerda, meus interlocutores. Também agradeço a Marcelo Ferroni e Raimundo Carrero, que me ouvem e aconselham quando penso em desistir de escrever, o que acontece com bastante frequência.

Ronaldo Correia de Brito

Este livro foi impresso
pela Lis Gráfica para a
Editora Objetiva em
agosto de 2010.